U0081476

可不可以，
你喜歡的
是我

竹攸　著

目次
CONTENTS

GIRL'S DIARY

BOY'S DIARY

GIRL's diary

1 收藏他，是一種習慣

5月12日，晚上10點19分。

我在電腦前，盯著推特上一則又一則的新聞。哪個明星跟誰在一起，哪個地方有什麼感人的故事，哪個國家又跟哪個國家吵起來……這些對我來說，一點都不重要。

重要的是，我還找不到他的消息。

不知道從什麼時候開始，從這些五花八門的凡塵俗世中尋找他的身影，漸漸成為我的習慣。而這習慣究竟是好是壞，我自己也分不清楚，只是單純的……習慣就這樣找尋他這片淨土，我這麼想著。

只是這樣，而已。

「今天雨下得好大，我的小樹有沒有喝飽？」

頁面刷新，我才看見一張盆栽樹的照片，還有他拉著淺淺微笑的大臉。難怪一直找不到他的狀態，原來才剛發而已。

我握住滑鼠將游標移到「回覆」上輕點，打個笑臉發出，然後將這珍貴的狀態收藏起來。好像把他握在手掌心裡一樣，每收藏一個「關於他」，就多知道一個他，讓我好有成

就感。

這也是一個習慣，收藏他。

「Rainy Day......Like it ^^」我在鍵盤上打著，像是回覆他似的，放了張早上對著窗戶拍的雨滴相片，發出。

其實我並沒有期望他會回覆我，因為他沒必要、也不會知道……咦？

「Me, too.」

回了？

我盯著螢幕，幾乎不敢相信。反複刷新了幾次，那條回覆依舊穩穩的在那裡，頭香的位置。

過沒多久才從呆滯中反應過來，像是中了頭獎似的，我收不起臉上的笑容，撲到床上抱住枕頭滾了好幾圈，滿腦子都是……

他回我了、他回我了、他回我了……

* *

他是李映軒，我一直暗戀的人。

從升上大學開始，從跟他同班開始，從他的自我介紹開始……從，我知道他是李映軒開

始，就一直好喜歡他。

而我，我是程奕微，今年19歲，大學一年級。

2 想著他，就不會累

5月13日，早上8點37分。

我在捷運上，往學校的方向前進。通勤的兩個小時車程，現在才剛過四分之一。車廂內的人不是低頭滑著手機，不然就是沉沉地陪周公下棋……而我，手上拿著筆記本，望著窗外，想他。

想著終於熬過週末，想著終於可以見到他，即使只有下午的體育課才會見到面，但那也知足了。

今天的天氣與昨天不同的出了個大太陽，這樣也好，最近撐傘撐得煩了，鞋子濕了又乾、乾了又濕，也倦了，希望一整天都是這樣暖暖的，像個春天。

把筆記本闔上，我有些睏，雖然每次坐車都會這樣，但今天卻不太一樣，理智不讓我睡

著，因為還想繼續想他。我低著頭看著前方站著的人們那些五顏六色的鞋子，左前方穿著皮鞋頂著大肚皮的上班族、正前方穿著帆布鞋的年輕人、右前方……

我試著咬住唇不讓自己笑出聲。

那人穿著一雙夾腳拖，一隻腳丫子在鞋上搓呀搓的，時而光著踩上另一隻腳，這個動作重複了五、六次，車停了，他換了個位子，繼續搓。

很噁，大概大家都會這麼想。

如果映軒也這樣，我還會喜歡他嗎？我很不自覺的想到，但馬上又甩開這樣的想法，因為他不會這個樣子，我知道的，他很愛乾淨。

*　　　*

同日，早上9點35分。

提早到了學校，意外的有了吃早餐的時間，這麼想著肚子還真的有些餓了。

走到餐廳裡找了間早餐店點了個雞排漢堡和冰奶茶，喔！對了，還附了一塊薯餅。別問我為什麼吃那麼多，因為我打定主意中午不吃了，省錢。

「雞排堡餐好了。」店員響亮的聲音傳進耳裡，我上前拿了餐轉身想走，卻又被叫住。

「奕微？」

熟悉的嗓音讓我抬起頭，對上那雙溫潤如水的雙眼。是他……

「現在才吃早餐啊？」

「呃……嗯。」

他拿起鴨舌帽再重新戴上，我看見了他剪過的新髮型，配上他有些傻氣的笑容……啊，心跳……好快……

「吃飽一點啊，我先忙，下午見。」

「好……」

他笑著跟我揮手，我幾乎是逃跑似地奔出餐廳……怎麼辦？心裡面的小鹿快撞死了……

*　　*

同日，下午4點45分。

中午時下了大雨，現在只剩下絲絲細線飄在空氣中，我沒有帶傘，拉了帽子就直接步入雨中。

今天因為社團活動要留校，其實我多想回家啊，剛才體育課打了兩個小時的桌球，也狂笑了兩個小時，還沒喝水，很渴、很累。朋友們都坐車回去了，我卻走在他們相反的方向，往餐廳走去，準備解決我的晚餐。

故意繞了地下道，這個時間並不會有多少人往這走的。地下道通往餐廳，我一點也不趕時間的慢慢走著，大概是剛才玩得太瘋，現在才感覺精疲力盡。

「嘿，你也來吃飯嗎？」有個人從後面拍我的肩，我回頭去看，卻沒看到人。「在這裡啦。」

我轉到另一個方向，看清楚人後，退了好一大步……是映軒。

「我有這麼可怕嗎？」他甩了甩被汗水沾濕的頭髮，笑著問。

「沒有。」我搖著頭。他是不可怕，只是剛才離得有點近而已……那是有點嗎？他的臉根本就在我的臉前面啊……好像動一下就會親到他。

「你頭髮上的水珠是雨水還是汗水啊？」他看著我露出帽子外的瀏海，沒有等我回答就自己接了下去。「反正你不馬上擦乾的話，是會感冒的。」

「沒關係啦，等等就乾了……不是很濕。」

「還是小心一點啦，感冒就不好了。」

他是在關心我嗎？是吧？是吧？是吧？

「你桌球打得還不錯。」他移開了視線，看著餐廳裡琳瑯滿目的食物，好像正在思考要吃什麼。

「謝謝。」我拉下帽子，在室內戴著帽子，還是挺奇怪。「你也是。」

「哪一天我們打一場吧，一定很有趣。」

原來……他有在看我打球，那……會不會也發現我在注意他呢？

「嗯，應該吧。」

「什麼應該！是一定。」

「一定……。」看他那個樣子，彷彿是真的想要廝殺一場，只是下一次體育課，他還會記得嗎？

「奕微，你晚餐想吃什麼？」他一臉苦惱，好像一直不知道該吃什麼好。

而我，卻是早就想好的。「鐵板麵。」我指著不遠處的轉角，那間我最喜歡的小店。

「對喔，我都忘了那家……那家的麵超好吃的。」他眼睛一亮，拉著我跑過去。

拉著我……他的手……拉著我的，手。

「大嬸，兩份鐵板麵。」

等到我反應過來，已經被他拉到小店前面了。

「奕微，我等一下要去練球，沒辦法一起吃了。」他點完餐，接過我給他的錢，我那份

的。「你外帶嗎？」

「嗯，我等等要去社團。」

「原來……你也有事啊。」

點頭，我小心翼翼的不去觸碰他的手，但他卻毫不在意的一握，將找的零錢放在我的手心裡，然後順著他的手包住。

碰到了……。

我抬頭看向他轉過去的側顏，卻看不清他的表情。好像只有我會在意，這樣小小的接觸……是啊，同學嘛，這種接觸算什麼。

「奕微，你的。」由於人少，餐煮好的速度也快。他遞給我其中一袋，笑是笑著，卻不知道在看哪裡。

「謝謝。」我想是我自己不知道在看哪裡吧，完全無法正眼看他。

「那我先走囉，社團活動加油！」

他向我揮手，走在雨中卻帶著陽光般的笑容，今天的疲憊好像全被他吸走了……即使等一下社團結束，回家後還得繼續寫報告，那也會有精神的。

想著他，就不會累。

3 我給你一個勇氣之吻吧

5月14日，早上8點46分。

我在英文課的荼毒中。

昨天為了寫現代文學的報告而忘了寫英文作業，結果現在完全無法進入狀況……很想睡。映軒……他不喜歡英文的，現在會不會已經趴在桌上呼呼大睡呢？唉，英文課不在一起上，好可惜。

昨晚我夢到他了，在我們初見的那棵樹下。

夢境大致與那天的情況差不多，我們那時都還是高中生，為了升學而到大學面試。我是下午場的，吃過午餐後找了棵樹，坐下納涼，順便再看看自己的備審資料。

那天很熱，而我內心的緊張感只徒增了躁熱，新買的白襯衫阻擋了皮膚呼吸的空隙，我幾乎可以感覺到裡面穿著的背心正在一點一點的貼身，即使拿著資料搧風，風也是熱的。

「喂，別緊張，教授很親切的。」

一個清涼的聲音從我頭上傳來（是啊，是清涼，那個聲音傳來的瞬間，好像風也來了），我抬頭一看，只看見一個男孩斜倚在粗枝上，一隻腳在空中晃呀盪的，看起來好輕鬆。

「嗯，謝謝你。」我回以笑容，好像放鬆了許多，這句感激是真心的。

夢境到這裡與現實是一模一樣的，只是接下去卻……我也不知道我是私心還是怎麼地。他從樹上跳了下來，走近我，撫上我的臉，然後……嗯，怎麼辦？我不敢說。

「程奕微，你這叫日有所思，夜有所夢。」一直跟我很要好的同學在聽我說完這個夢之後，她下了這麼一個結論，乾淨俐落、一針見血。

現在是下課時間，我們兩個靠在走廊邊，無視來往人群的吵雜，小小聲的說著。這個同學是唯一知道我喜歡映軒的人，但她也沒有八卦的到處說，因為我知道，她喜歡我們同系的學長，朱宇澤。

噓，這是秘密。

「原來你已經喜歡他到這種程度了喔？」愉賢雙手抱胸，專心凝視著對面的山群。

我也不知道我到底喜歡映軒到什麼程度了，只知道……很喜歡、很喜歡。

我沒有告訴愉賢，夢境裡，映軒是這麼跟我說的……

「我給你一個勇氣之吻吧。」

我沒敢說，因為這真是一個毫無頭緒又沒道理的夢，但……如果現實中也能實現就好了。

「程奕微，別咬唇，你賣萌給誰看？」回神，就發現愉賢已經在教室門口了。「上課了

啦。」

「喔。」

現實中……真的，能夠實現就好了。

＊　＊

同日，下午1點26分。

現代文學，課堂報告中。

當然，說的人不是我，我只負責播投影片而已。我們的組員坐在台下，臉上綻放著強烈不安卻又假裝鎮定的笑容，一雙雙眼睛盯著我和組長在台上相依為命的孤島，好像期待著我們能夠在往後的50分鐘內有超乎想像的表現。

是啊，慌亂得……超乎想像。

我很想忽略這種感覺，但，罪魁禍首就在我所坐的高腳椅旁邊不到一公尺的地板上。

映軒……他抱著筆電，靜靜的為了下一節的報告做準備。

「加油。」好像感覺到我在看他，他抬頭看著我，輕聲對我說。

我只能點點頭，可是感覺心裡更踏實了，呵，不得不承認，是因為他的打氣。現在是怎

樣？讓我緊張的是他，讓我恢復平靜的也是他。

「奕微，開始囉。」

「OK。」

組長拿起麥克風，開始展現他精彩的口才，把台下的人逗得哈哈大笑，明明應該是無聊透頂的報告，而他竟然可以把所有人的注意力往台上拉，太厲害了。只是我感嘆的同時，也發現我身邊那人的視線，側臉微微瞄了一眼，我看見他的視線穿過我，投射在投影片上，我是感到開心的，因為……投影片是我做的。

吶，映軒，這會不會是另一種層面上，你也在注意我呢？

* *

同一節課，下午2點27分。

我在台下，看著台上意氣風發的他。

流暢的敘述、簡潔的分析，剛剛對於自家組長的佩服，現在完全的送給了映軒。也就只有在這種時候，我才能這麼大膽的看著他。

他那一組報告的內容是一部同性戀小說，在他們講解這部小說的時候，他的組員總是在

一旁暗暗的嗤笑，說感覺很噁心、很討厭之類的話，播每一段改編電影的片段時，那些組員們也不斷發出奇奇怪怪的聲音，聽起來是在為這漫長的報告製造有趣的「笑果」，可是在我耳裡聽來，卻是一種對報告者來說的不尊重。

映軒，你會不會也這麼覺得呢？

「喂，你們小聲點，我還要講話。」播完影片，映軒切到了下一張投影片，從麥克風傳出他刻意壓低的聲音，制止了他們那些早就笑瘋了的組員。

整整五十分鐘，我沒有聽到任何關於他自己對同性戀的感想，只有在最後，他說的那一句話，就算他是客觀的講出想法，我還是忍不住當他是真心的……

「每個人都有愛與被愛的權力。」

他就是這樣，能夠公平的看待每一種人，而這樣的他，我又怎能不喜歡呢？

4 淋雨，也很浪漫

5月15日，中午12點20分。

我在前往學校的公車上，身旁坐了一男一女，除了車子在山路顛簸的震動聲，我只聽見了他們兩人的談笑聲，好似不在乎旁邊的乘客（包括我）會不會把他們的一言一語聽進耳裡。

兩人從安全帽聊到手指頭，又從球鞋聊到家庭，什麼瑣事都聊了。女孩說他們家好像分裂一樣，哥哥跟爸媽一國，自己又跟爸媽一國，她恨哥哥，哥哥也恨她。

我聽到這裡，忍不住笑了，卻死死的摀住自己的嘴巴，低著頭。

不是我想說，而是這女孩也太……幼稚？但男孩沒這麼認為，我聽見他柔聲的勸說，還有時而帶點撒嬌的握了握女孩擺在腿上的手，大大的手掌包著女孩的。而我看見了，兩人的手腕上，有條一模一樣的幸運鏈。

同時，他們也在看著他們手上的定情物。女孩跟男孩說，朋友不相信像她這樣大剌剌的女生還可以做出這麼細緻的東西；男孩拉起女孩的手說，不會是因為我才學會做這個的吧？

我又笑了，這次咬著自己的嘴唇，轉頭看向窗外。

聽了好久，才知道今天是他們交往第二天，昨天他們才剛剛在一起……是熱戀中呢。

也許我就是羨慕他們這樣吧，隨意的暢談，就因為身邊的人是最親密的愛人……好希望有一天，我也可以這樣，能夠這麼自然的靠在映軒身邊，跟他炫耀一件我最擅長的事，然後聽他猜中我是為了他才去學會某些東西。

如果有那麼一天，不，就算只是幾秒鐘……也好。

＊　＊

同日，下午2點47分。

三點的課，我提早到了學校，現在是我待在學校的第二個小時又十七分鐘，這段時間，我一直待在系圖書室裡。主室只有我一個人，裡面的小房間倒是傳來激烈討論的聲音，我實在是聽不懂，所以選擇忽略。抱著筆電坐在鬆軟的沙發上，翻著映軒昨晚發的推文。

昨晚我太累了，回家一見到床就撲上去，等到醒來已經早上了。

「今天好熱！我的小樹好棒呢，有努力的長大喔。」

附上一張照片，還是那棵盆栽樹，只是樹的旁邊還有一隻比著讚的手，我知道，那隻手是他的。

那是昨天傍晚的推文，正好是我回到家睡著的時間。但即使是昨天的，我還是收藏了，

也回覆了。

依舊是一張笑臉。

然後開始寫新的推文。「來的時候下雨了呢，忘記帶傘好悲劇。」順便走到窗邊拍下外頭的雨滴，上傳，發出。

正準備要繼續刷其他人的文時，提示突然亮了，是轉推。

「我也沒帶傘，有時候淋雨挺浪漫>>」

是映軒！

還沒讓我驚訝完，提示又閃了，這次是回覆。

「你在系圖？」還是他。

「嗯。」我回了他之後，他並沒有回我，可是我聽見一個驚訝的聲音在耳邊響起。

「奕微！你真的在這裡！」

我抬頭，看見他正從小房間裡走出來。「好、好巧喔……」

「嘻嘻，對呀，你在這裡做什麼？」他坐到我身邊，側臉看著我的電腦畫面。「太無聊了，刷推特？」

「嗯……等等要上課了，我要關了。」當他坐下的那個剎那，我可以感覺到我的右半身是如何的僵硬及戰慄，不是緊張，是悸動。

我很清楚。

「對耶，時間差不多了，一起走吧。」他見我收好了電腦，便直接拉起我。

「哎，等等……外面在下雨呢，先從這裡借把傘去吧。」我這麼說著，其實只是私心的想跟他共撐一把傘。

「不是說了嗎？有時候淋雨挺浪漫。」他笑了笑，繼續拉著我走出系圖。

淋雨、浪漫……還有，他還牽著我……即使是手腕。

*　　*

5月16日，晚上11點07分。

依舊是電腦前，畫面停留在推特上。今天映軒的推特，還是跟那棵樹有關。

「小樹，最近忽冷忽熱的，會不會感冒啊？」照片是那棵樹，映軒幫它戴上了口罩。

我笑了，虧他想得出來。

下面的回覆也是各種吐槽，什麼你先擔心你自己吧、哇靠你個神經病……（以下太兇狠，略）

當然，收藏後我也跟著回覆——一張狂笑的臉。

然後，又發了新的推文。「沒課的一天，宅在家裡涼啊！」

發完後，我直接關了電腦，爬上床，想著明天滿堂，也想著，明天會不會看見他回我……。

晚安，映軒。

5 好希望有人來救我

5月17日，早上6點45分。

我在捷運上昏睡，讓我突然醒來的，是右半邊的一陣劇烈震動。

不是一次，是不斷。

坐在我右邊博愛座上的奇怪男人一直不斷敲擊他的左膝蓋，而他的左腿就緊緊的貼著我的右腿……

達……達達……達達達……

原本我不想理會，可是那男人好像越弄越上癮，知道我在注意他，他就越弄越起勁。我

往左邊靠了一點，他就把腿靠過來了……繼續敲他的膝蓋。

男人身上傳來惡臭，我摀著鼻子用嘴巴呼吸，心裡卻覺得這車廂裡的空氣都被汙化。男人前方的兩個高中男生很明顯的不知所措，看了看我，又彼此對看，然後退了一小步。

我已經不敢看他了。

車上都是人，我連站起來都困難。所以我一直在等，想著等到轉乘站時他應該就會下車了，結果……沒有。

他還坐在我旁邊，直到我目的地的前一站。

當他站起來的那一刻，我看見他帽子底下露出來的頭髮，竟然全是頭皮屑，連他剛才坐的座位，也殘留了一點奇怪的黃色霧狀體，像媽媽拿清潔劑噴廚房油汙後出現的那個樣子。

沒敢再待在那個區域，我趁著人群流動的時候站起來擠到門口，反正下一站就要下車了。

呼……

在走出車廂的那個瞬間，我呼出了像是積了一輩子的二氧化碳。

其實那時候好希望有人來救我……。

換搭了公車後，我拿出手機登入推特。

看見提示亮著，一眼就看見映軒的名字，他回了我昨晚的推文。是一個看起來像是吹口哨卻也像是呼氣的表情符號，他自己打的。「=3=」

我不是很懂他的意思，換了頁面，發出新的推文。

「在捷運上遇到變態了。」發出。

*　*

同日，早上7點38分。

提早起床還是有好處的，像現在我就已經到學校了。嗯……我不會說我是故意的，為了去映軒上班的早餐店再來一次巧遇。

都說是故意的，這還算是巧遇嗎？不是我想吐槽自己，但我只是想再看看他工作的樣子。可是從我排隊、點餐、等待，直到取餐，一直都沒有看見他的身影。

大概……在裡面忙吧。

我這麼想著，慢慢穿過地下道走到大樓裡，搭了電梯到四樓，一轉進教室，剛剛還在尋找的身影，卻在這裡穩穩的趴著。

教室裡的燈只亮了一排，整間教室空蕩蕩的，看起來好像只有他在。我悄悄走進，不想吵醒他，在習慣的角落坐下。

「嗯？奕微……早啊。」

才剛剛拿出早餐吃，喝了一口綠茶，身後就傳來他的聲音，我回頭，正好看見他打哈欠的樣子，好像小河馬。「早安，吵醒你了嗎？」

他搖搖頭，凌亂的髮絲隨著他的動作搖擺。「你好像很喜歡那家店的早餐？」

我看著手上的袋子，一笑。的確，在知道他在那裡工作之前，我就一直很喜歡那家早餐店做的食物，當然，自從知道他在那裡上班之後，就更喜歡了。

「嗯，很好吃啊。」

「你吃總匯？」

我點頭，很佩服他光聞味道就知道了。「好厲害，果然是員……」工。

不是我說話結巴，而是……

「呀，肚子別亂叫！」他拍了一下自己的肚子，臉上還有淡淡的紅。

「噗。」我看著他，突然覺得很逗趣。「你還沒吃？那我的分一半給你好了。」總匯三明治通常會將一個完整個方形切成兩個三角形，剛好可以分給他。

「真的嗎？謝謝！」

我拿出其中一個，看他一臉高興的接過。「不客氣。」

他好像真的很餓，沒兩口就吃完了。我覺得好像美夢成真一般，以前就常常羨慕著別人感情好可以互相分食，今天這樣，算是意外的驚喜吧。

「綠茶……你也喝一半吧。」遞上飲料，他也很大方的接過。

「我今天沒輪班，結果就沒早餐吃了，真的謝謝你啊，奕微。」咬著吸管，他朝我笑著。

原來是沒輪班，所以才沒出現……等一下！吸管……他、他他他……

我一驚，直盯著那根吸管。

「怎麼了？我喝太多了嗎？」他將綠茶放回我桌上，滿臉歉意。「Sorry!」

重點，不是那個吧……

*　*

同日，晚上10點07分。

電腦前，推特。

晚上跟一群好久不見的朋友聚餐後回到家，第一件事情就是開電腦。

手機在連不到wi-fi的情況下是痛苦的，我迅速回到家，就是為了想看推特。好像已經成為壞習慣了，回到家第一件事竟然不是洗澡也不是換衣服。

而是，看他。

頁面上提示燈是亮著的，點開，其餘的回覆略過，我在最後一個回覆上看見映軒回了三

個字：「沒事吧？」

這是他的關心，我很高興的回了個笑臉，希望他不要擔心。

按到首頁，最上面顯示著他最新的推文，就在不久前發的。

沒有任何文字敘述，卻有一張照片，還是那棵小樹，只是……小樹細細的身軀被他用粗粗的棉繩在上面胡亂繞了好幾個圈之後打了個死結。

底下的回覆在我點開的同時又多了好幾個。

「它又不會跑掉」、「李映軒你瘋了，昨天給它戴口罩，今天……」、「你在綁架它？」（以下各種奇葩，略。）

依舊，我收藏了，這次卻沒有回覆他任何表情符號。「？」

6 如果我是小樹就好了

5月18日，早上7點整。

今天星期六，我一定要說。有誰一大早睜開眼睛的第一個念頭就是：啊，該死，今天要

上課！

所以我現在在捷運上，相對昨天的昏昏欲睡，今天倒是神采奕奕。我發現我很常在上學路途中胡思亂想，可是愉賢說得對，日有所思、夜有所夢，何況我時時刻刻都在想想著他。

喔，對了，最近愉賢都不太跟我一起了，她都跑去找宇澤學長，還以為我不知道，但她看起來進度不錯，至少她還會跟我說說話，雖然左一句宇澤、右一句宇澤的。

啊，偏題了。

昨晚我又夢到映軒了，夢到他在我遇上危險的時候跑出來救我。是我昨天那樣的害怕，讓我下意識的希望他出現嗎？重點顯然不是這個。

夢是虛幻的，不真實的……這我都知道，但，我好希望是真的。

因為……他抱了我，緊緊的，護在他懷裡，就算是夢，也是溫暖的。所以我才不想起床啊，就那樣一直待在他懷裡多好……但醒來了才發現，是我自己多拉了一條棉被蓋在身上……無意識中。

看，李映軒，我真的很需要你。

*　　*

同日，早上9點07分。

今天要上的課只有戲劇概論，這堂課映軒沒有修，我記得他退掉這堂課的原因是每個禮拜都要回家，他是住宿生，卻有每個週末都回家的習慣。他很愛家，不像我，我是戀家，就算家只離學校兩個小時的路程也會很不想走這一段。每一次還是期待著能在學校見面才願意走出家門的，如果那天沒有同樣的課，我真的寧願不出門。

距離下課還有大約四十分鐘，週末的兩個小時就這麼葬送在課堂上了，難得沒下雨。這堂課的筆記一向很多，我也一向不用手寫，用筆電打，樂得輕鬆。而往往第二節課教授都會播影片，而用電腦接上學校網路的我，更利用了這段閒適，上了推特。

點開頁面，我不知道我的眼睛怎麼了，就是只看見他剛剛發的推文，其他人的自動忽略。

「小樹，從這裡來的。」

他放了一張照片，是一棵樹，卻不是那棵盆栽樹。看起來好像是凌晨拍的，霧都還沒散去，樹在霧裡看起來別有一番仙境的感覺。

但，這棵樹，怎麼看怎麼眼熟！

「誰呀？一大早起床拍樹？」我旁邊的愉賢從瞌睡中起來，湊到電腦邊瞧著。「李映軒那白癡，從他宿舍走到那裡還真遠。」

「哪裡？」轉頭，我問。

「就學校最大的那棵樹啊。」

是我第一次見到他的那棵樹！霧遮住了樹的大部分枝葉，難怪我看不出來。但他去那裡做什麼？

照片應該是在他早上準備要啟程回家的時候拍的，那棵樹是在學校大門的相反方向。從他的敘述來講，他的那棵盆栽樹的種子是從這棵大樹撿來的？

真可愛。

「如果是這樣，有一天你的小樹就不需要盆栽了。」

我打完這一句，沒有想很多就按了Enter。

沒多久，他回了我。「沒關係，那樣也還是我的小樹，我可以種在我家院子裡。」

也是。

＊　＊

同日，晚上11點51分。

躺在床上，我想起他一直以來的推文。

從來沒有看過他推一些日常的小事，而總是跟樹有關係。他很喜歡樹嗎？突然間，我好羨慕那棵小樹，可以被他保護、被他擔心、被他捧在手心、被他滋潤……

而不是暗地裡看著他，默默的收藏那棵小樹每天的狀態。

如果我是那棵小樹就好了……

7 Dating with……

5月19日，早上10點27分。

今天的天氣悶悶的，好像隨時都會下雨的感覺。

最討厭雨天走在路上，溼溼黏黏的很不舒服，可是從窗戶看雨又是那麼美，好喜歡看。我怎麼那麼矛盾呢？還是因為摸不清到底會不會下雨才變成這樣的嗎？星期日呢，我在考慮要不要出門，可是時陰時晴的讓人覺得好煩喔。

窩在窗邊，我把筆電抱到腿上。還是不出門了吧，在家也挺愜意。

上了推特，我無聊的翻找著，也回覆了幾個朋友有趣的文，卻一直沒有看到他的。想想

也是，現在也才幾點，像他那種個性活潑的人，一定出去玩了吧？

跟誰呢？去哪裡呢？開不開心呢？好想知道……咦？

突然有個東西吸引了我的注意，是某個同學的推文，寫著：「明天520，誰來讓我告白一下？」

520？

那則推文下面的回覆各種奇葩：「你是在求告白吧？受君。」、「你mother你才是受君！」、「誰回我誰就是。」、「你們兩個不要為我吵架，我愛你們。」、「我要代替月亮愛你們！」、「我說啊，今天也才19號……」

520，告白日。

是明天啊，怎麼那麼剛好呢？星期一。

程奕微呀，你有勇氣告白嗎？還是別吧，連出門的勇氣都沒有呢。可是映軒……有喜歡的人嗎？

*

*

同日，下午6點54分。

原本坐在電腦前苦惱作文沒靈感的時候，被老媽抓出來逛夜市了。

下午下過大雨，地上都溼溼的，可是雨停後的夜晚還有涼涼的風在吹，空氣好像都被洗乾淨了，好清新。

「哎，你看你看，是情侶襪！」走在我跟老媽面前的一對情侶在一個小攤前停了下來，女孩指著一雙情侶襪，男孩順手拿起，笑著跟老闆娘買下。

「我們一起穿著明天給對方告白，不錯吧？」

「你說的都好囉。」

我故意放慢了速度聽完他們的對話。世界上是不是所有的情侶都在準備給對方二次告白？是不是很多人都會在明天跟自己喜歡的人告白？是不是明天告白就一定會成功呢？

「傻丫頭發什麼愣呢？走快點！」媽媽在我前面催著。

她拉著我走到一個賣小盆栽植物的攤子邊。媽媽一向喜歡植物的，家裡也有一些美化環境的盆栽，看來她今天又想讓家裡的小盆栽們多幾個朋友。

我的眼睛亂飄亂瞄，餘光就這樣掃到了一棵小樹，跟映軒的那棵品種不一樣，卻足夠讓我想起他。

他有他的小樹，如果我也有呢？像他那樣每天PO小樹的照片……這樣好像太明顯了，他很快會知道我喜歡他的，不行啊……他會排斥的吧？畢竟，我跟他一點也不熟啊。

「奕微，你想買一個放在房間嗎？」

媽媽的聲音在耳邊響起，我轉頭，看見她手上多了個提袋，想必是那些新朋友了吧。

「不用了，我沒有時間顧。」

又逛了很久，跟在媽媽後面，我突然笑了起來。沿路經過了好幾對情侶，好多人成雙成對，而我卻跟媽媽一起，好像也是另外一種約會呢。

「奕微呀，媽媽去買飲料，你想喝什麼？」

「綠茶。」

看著媽媽在飲料店裡的身影，我拿出手機，朝著自己的腳，按下快門。照片左邊出現我的藍色布鞋，右邊空了一大塊，只有黑黑的柏油路。

趁老媽還沒買好，我將照片上傳，打了幾個字，發文。

「Dating with……」

*

*

5月20日，0點12分。

現在若是遇到人，應該要說早安了吧？喔不，是我愛你。哈哈，剛剛在推特上看見同學互相給打招呼的玩笑，一整排回覆的「我愛你」。

一天了，我還是沒有看見他的推文。

倒是我的，在逛夜市時發的狀態被炸翻了，底下留言不是拚命問誰誰誰，就是太過真相的說這是我的單身宣言，早上被說受君的那位還調侃我也是在求告白。

哼，己所不欲勿施予人啊同學。

而，他也沒有回覆我。不會是為了要跟誰告白而忙得累了，沒發文吧？真是的，我又胡思亂想了……

「呀，程奕微，你明天要上課不是嗎？快睡！熄燈！」老媽的聲音隨著門板突然的打開而變得清晰，我嚇了一跳，被她這樣突襲。

「好、好啦，要睡了，媽晚安。」

我在敷衍，我相信她知道，但她還是跟我說了晚安，然後消失在門口，還貼心的幫我鎖了門。

該睡了吧，想那麼多有什麼用？

8 選擇沉默

5月20日，中午12點08分。

圖書館六樓，我不是坐在習慣的位子。換了方向、換了角度、換了窗景、換了視野……卻換不了心情。

果然登上校園討論榜第一的「告白日」，校版的頁面上充斥著閃爍的紅心，不管是真情、是假意、是玩笑，還是謊言，都讓這一天看起來像是一種愛情的狂歡派對，或是……終止儀式。

我知道有很多人在今天結束了單戀，有人幸運終成眷屬，更有人依舊孑然一身。但我不知道有多少人在今天跟我一樣，選擇沉默。

我是沒有勇氣告訴他，還是害怕被拒絕？這原因一點都不重要，因為結果是一樣的，沒說就是沒說，根本不用解釋。

那……他呢？他在今天跟誰告白了嗎？呀，程奕微，如果過了今天，你聽到他跟誰在一起的消息，你會怎樣呢？不能怎樣的，連祝福都給不了啊。要我怎麼拿出勇氣笑著祝福？如果我有這個勇氣，大不了現在就告訴他……算了吧，還是算了。

筆電開著，文擋上的字數停在昨晚落筆的三千多字，而我卻還在劇情之外胡思亂想。我開始覺得自己無法駕馭這個壓抑內心的故事，在故事的爆炸點停滯。

讀我們這個系就是這個樣子，寫小說是生活的大部分，但天知道這些虛幻的世界並不是自己的親身經歷，微薄的文字量並不能傳達該有的情緒，只是照著草稿毫無感觸的書寫。胡寫、瞎寫。順延了好幾個更新時間，就連空堂的這三個小時，也只多出了兩百多字，思緒邏輯是全亂的。

毅然決然關掉了文擋，我知道就算我現在想破頭也不可能想出好情節，乾脆先擱著。

登上了推特，我的眼睛又開始尋找他的身影，而……就在好幾個白癡告白的推文之後，我看到了他的名字。

沒有文字，只有圖，是那棵小樹。發文時間顯示九個小時前，我看了眼現在的時間。

下午2點23分。

*　*

同日，下午4點38分。

剛才外頭下了一陣大雨，原本在球場上體育課的我們，在老師提早下課的聲令下，立刻

抓了東西就往室內跑。

雨來得快，去得也快，在我們下課後十分鐘就停了，真是搞笑。提早下課了，我也待在泳池邊一個多小時了，說要我陪著補游的趙愉賢小姐還沒出現。為什麼她游泳課缺席的時數要我在一旁陪著補？算了，看在她晚餐請客的份上，原諒她一次。

「嘿！」

「趙愉賢你很……啊，映、映軒……」我以為是愉賢，才正要破口大罵，沒想到是他，而且是……裸著上身、穿著泳褲的。

「你怎麼會在這裡？」他把他的東西放在我的旁邊，然後站在一旁暖身。

「陪愉賢補時數，你呢？」我把視線移開，試圖不去注意他那雙結實的手臂，肌理分明其實……他明明可以套個T-shirt再暖身的。

「補考囉。」他講得輕鬆，但三個字就足夠讓我知道他在考試那天翹課。

的胸部、腹部啊啊啊啊……我還是看到了啊！

「嗯。」不要看他、不要看他……

「你陪愉賢？可是我沒看到她人啊。」

「她還沒來。」

「沒來？」他一臉驚訝。「那你還等著？」

老實說我也不想等。「可是她說要請我吃晚餐……」

「這麼巧？她也約我晚餐一起吃。」他突然笑了起來，沒騙人，他笑得真的很突然。

「是喔……」我看了他一眼，又迅速別過頭。他……笑得太燦爛、太好看。犯規。

「老師來了，我先去考試！」

抬頭，他已經不在旁邊了，而是站在池畔，做著跳水的預備姿勢。哨音一下，躍入池中。水花隨著他優雅的前進而被微微濺起，他游得不算快，卻很流暢，25公尺來回，一共50公尺的游程，他好像很輕鬆，沒一會兒就到終點，撐出水面甩了甩水，即使戴著泳鏡泳帽也好性感……

我知道這些想法若是說給愉賢聽，她一定會罵我傻子，啊……趙愉賢出現了。

「呀，你知道我等你多久嗎？」我拿起旁邊擺好的鞋子就往她身上丟，你個遲到精。

「Sorry，我被堵在外面嘛，服務人員說過五點才能補時數啊。」她一臉委屈，卻像是在說我自己早來不要怪她。

「哎，趙愉賢你出現啦？」映軒拿下帽子和泳鏡，一手隨意撥了下瀏海，髮上的水滴在他身上再慢慢的滑下與其它的聚集，像好幾條小河在他身上流……程奕微你今天怎麼了？

「喔，映軒，你也在！」愉賢原地直接脫掉了上衣和長褲，我還在想她怎麼那麼大方，

原來老早把泳衣穿在裡面。

「當然在啊，你不是說游完泳一起吃飯的？」映軒披著浴巾，彎腰拿起自己的東西。

「什麼？」

「快點啊，下去隨便混一混就上來了啦，我好餓。」

「啊？」

「快點。」

「喔。」

*　　*

同日，晚上7點10分。

我們坐在學校餐廳裡，桌上清一色是鐵板麵，我最喜歡的那家小店。

說是三個人一起用餐，但交談最多的還是映軒和愉賢，兩人聊得很歡快，而我卻只落得旁邊當聽眾的份……有什麼辦法呢？他們聊的是線上遊戲，我又不玩。

「喔……好渴。」不知道講了多少話，趙愉賢開始喊渴了。「你們有沒有要喝什麼，我去買吧。」

「我要喝麥香綠茶！」毫不考慮直接拿錢給愉賢，映軒可能等她這句話等很久。

「奕微呢？」

「檸檬茶……」我抬眼看了下愉賢。「你請我，不管。」

「好好好，我欠你的。」她雙手舉高投降，往便利商店走去。

剩下我跟映軒。

碰碰……碰碰……碰碰……

我只聽到這個聲音，心臟好像快要從嘴巴裡跳出來一樣。我怎麼沒想到只剩我們兩個人了呢？這樣好尷尬……

「今天，雨一下子下很大，一下子又沒了。」他開口，卻是從天氣開始。

「嗯。」我拿著筷子，有一下沒一下的夾起斷掉的麵條，再放下，這動作無限循環。

「你……」他又開口，這次看著我，卻又立刻低下了頭。「嗯，沒什麼。」

「你想問什麼？」我問，卻只見他又搖頭。

至於我自己，我是有問題想問，可是要我怎麼說出口呢？就這樣大剌剌的問他今天有沒有跟誰告白，還是被誰告白嗎？還是應該問他……「小樹……」

「嗯？」

啊啊！我問出來了！

「沒、沒什麼。」我看見了愉賢拿著飲料回來，立刻接過開了就喝。

「程奕微你是有多渴？」

我不渴，只是緊張。

最後，直到吃完飯，我還是沒有問出小樹是誰。

9 裝死，才不會難過

5月21日，凌晨5點34分。

鬧鐘響了，幾乎是它一出聲音我就醒了，只是……好像有什麼情形不一樣。

我的精神是好的，我知道我自己醒了，只是身體卻疲憊得爬不起來，頭也沉沉的。絕對不是鬼壓床，這一點我很確定，因為我的四肢都還可以動。

再躺個十分鐘吧。

想是這樣想，但是眼睛閉上了，腦筋卻還是清醒的……睡不著，可也不想起床。

早上八點有英文課啊……六點前一定要出門的，不然準遲到了……程奕微，起來洗臉刷

牙很難嗎？

6點03分，過了早該出門的時間，我還窩在棉被裡。

翹課吧，偶爾任性一下。我對媽媽撒了點小謊，說自己不舒服，其實只是想多賴點床。直到媽媽真的出門上班後，我才緩緩的坐了起來，抓了床頭上正在充電的手機又躺了下來，想也沒想的連上推特。

啊，被刷版了，被李映軒刷版了。

「小樹啊小樹……」附上一張圖，是他抓著小樹的小葉子，嘟著嘴不知道在賣什麼萌。（30分鐘前）

「小樹要喝水啊……」還是小樹的照片，但旁邊放了一個裝了水的玻璃杯，還插了一根藍色的吸管。（20分鐘前）

「小樹，今天下雨。」這次照片裡不只小樹，是他捧著小樹，蹲在透明的傘下，還是在室內，背景是他宿舍的書桌。（15分鐘前）

「小樹，餓不餓？啊～」小樹被放在書桌上，旁邊是他拿著湯匙，上面好樣是炒飯的樣子，嘴巴張得大大的。（10分鐘前）

「我的小樹……」最後是他趴在書桌邊，盯著小樹看的照片，那眼神，柔得要出水似的……（3分鐘前）

他在幹嘛？按開了回覆，看見了一片吐槽聲，還有……他不可思議的回答。

第一張：「李映軒，賣萌不適合你。」
　映軒：「小樹沒說不適合。」
　「它最好是會說話啦！」
　映軒：「如果它會呢？」

第二張：「有人像你這樣澆水的嗎？」
　映軒：「我這不是澆，是餵水！」
　「不要跟我說你是在講餵水的笑話！」
　映軒：「白痴啊，蔣渭水咧哈哈哈哈……」

第三張：「你瘋了，誰來把李映軒送進醫院！」
　映軒：「我要保護我家小樹不受風吹雨打！」
　「你知道植物最喜歡風吹雨打了嗎？」
　映軒：「我的小樹是動物。」
　「你真的瘋了。」

第四張：「李映軒你病得不輕啊？」
　映軒：「小樹應該吃早餐。」

「不是應該灑肥料嗎？」

映軒：「我說過我的小樹是動物！」

「如果你的小樹是動物，那我的兔子就是植物了！」

映軒：「我會跟宇澤哥講的，嘿嘿……」

第五張：「李映軒你是不是戀愛了？」

映軒：「怎麼說？」

「我連續五張看下來的結論。」

映軒：「所以呢？」

「小樹是誰啊？」

映軒：「哈哈……」

映軒，有喜歡的人？

連續五張回覆的都是同一個人——趙愉賢。喔對了，聽說昨天晚餐之後，她裝醉（明明喝的是飲料）打電話把宇澤哥叫出來，然後很不要臉的告白了，再然後就很不客氣的吻上去，再再然後就是很幸運的收到回應了，所以……嗯，她現在是有夫之婦？

其實也不奇怪啦，他們來往一直很密切，宇澤哥也一直很明顯的對愉賢有好感……唉，我什麼時候才能像他們那樣勇敢呢？承認自己、表達自己……可是映軒，會接受嗎？他有喜

歡的人了吧？最後一張照片，他的眼神好深情……好像看的不是小樹，而是某個人。

映軒……

＊　＊

同日，上午10點07分。

其實我到校的時候，英文課還沒結束，但我也沒笨得去那裡出現個幾分鐘，所以直接去了語言實習的教室了，上禮拜翹了這堂課，這禮拜可不能再翹了。

可是我翹了英文課……哼，感覺有點半斤八兩，跟上禮拜的自己比起來。

「吼，程奕微你在這裡睡覺喔？」身後傳來趙愉賢的聲音，她大概還在門口就在喊了，可是我趴著沒看見。

「我才剛到而已。」枕在自己手臂上，我動嘴巴回覆，可是卻沒有看她，而是盯著手上的手機，百般無聊的來回刷著推特。

「你有看到嗎？今天早上李映軒的推文。」她剛坐下來就跟我討論這個。

「嗯。」

「你怎麼還沒跟他說啊？他好像都有喜歡的人了，不知道有沒有在交往……」她壓低了

音量，在陌生人越來越多的教室裡，這樣的話題她還懂得收斂點說。

「我看到了，你的回覆。」我關了螢幕，依然是趴著的，卻轉頭看著她。

「我會那樣猜是有原因的啦，最近你沒發現有個女生跟他走很近嗎？」愉賢拿出了課本，翻到她認為上到的那一頁，但敢情是亂翻。

有嗎？為什麼我不知道？

「那個女生好像是他們球隊的經理吧……喂，程奕微，你別裝死啊，你的李映軒要被搶走了耶！」

是不是裝死，才會比較不在乎一點？

「是不是裝死，才會比較不難過一點？」

再次打開推特，輸入文字，附上照片，是趴在桌上偷拍現在上課的情形，還看得到缺席嚴重的幾張空桌椅、一上課就睡死的人、咬著筆低頭滑手機的人。

發出。

10 偶爾，讓感情任性一下

5月22日，下午4點34分。

上午的時候回了趟高中母校，回憶過去的同時，也感嘆了很多自己做過的傻事，但我想，最值得的就是遇到音樂老師。他比我自己還要了解我，我在她面前什麼都瞞不住。其實根本什麼都不用說，她都看在眼裡。一年不見，她一開口就是要我去談戀愛。

談戀愛……暗戀算嗎？想到映軒，從520那天開始，我就一直沒有回覆他的推文，他也沒有回我，只是一直發他的小樹。不是我賭氣不回，只是我不知道他發的那些我該做些什麼回應。跟平常給一個笑臉？可是我又笑不出來；給哭臉？我又有什麼立場？

即使這樣，我還是照例收藏他的推文，只要跟他有關的，我就好想當作寶貝一樣的收進盒子裡。

現在我窩在電腦前，外面又開始下大雨了，早上的太陽好像就是為了這場雨而吸收水分似的，現在一股作氣的從天上倒下來，像瀑布一樣。

還好中午就從學校回來了……

寫作業的空檔，我又打開了推特——早上一直忍著不看，只是怕看見了他跟誰誰誰的合

照，怕看見他的死會宣言。

最近打開推特就會像現在這樣，會害怕。

「小樹，說話啊！」

是幾秒鐘前的推文，沒有合照，也沒有宣言……這是不知道第幾次鬆口氣了，每次都是這樣的循環，緊張、放鬆、緊張……

這只是那棵小樹，旁邊有映軒趴在桌上，伸出一隻手指戳它的樹幹。那表情看起來好委屈，可是又好可愛。

我的手指伸到鍵盤上，想要回覆他，可是偏偏打不出任何一個字，腦筋一片空白。想了想，還是自己發狀態吧。

「在下雨呢。」沒有圖，只有文字，發出。

想起剛才還沒收藏他的推文，所以我又翻了翻，卻在這時看見了他下面的回覆。是一個女生。換作是以前，就算有女生回覆他，我也不會怎麼樣，但這個人，是愉賢說的那個球隊經理，我知道的，因為每一次映軒球賽我都有去看。

女：「哈哈，你表情好可愛。」

映軒：「真的吼？」

那女生對於照片的感覺竟然跟我一樣！

女：「以後都這麼可愛就好了～」

映軒：「既然你都這麼說了，明天我就這樣練球吧XDD」

吶，李映軒，人家說你可愛，你就得瑟了嗎？開心了嗎？說你這樣好看，你就說以後都這樣了，是在討人家歡心吧？

喂，程奕微，你不是早就決定裝死了嗎？別在意啊……怎麼可能不在意！他是李映軒啊……一直好喜歡好喜歡的李映軒……

「呀，雨也你臉上下了吧？」提示突然閃了起來，我按開，是愉賢。

看見了她的回覆，我才後知後覺的撫上眼旁，濕濕的觸感嚇了我一跳。猶豫了一下，我在鍵盤上打了幾個字，發出。

「嗯，心裡淹水了。」

偶爾，讓感情任性一下，沒關係的吧……？

11 一天只想你一次，不能再多了

5月23日，中午12點04分。

今天依舊無課，連我自己都很難想像這是大一。

好吧，我們這個系實在是太奇葩了，課不多但功課多，讓人每隔幾天就要交幾萬字、幾千字的文章，大概很多人都會很想死，我雖然喜歡寫，但很多時候還是很想去撞牆的。

月底要交的作文，我還是放空白的。網上連載的也還欠很多……我現在只有三個字，認命寫！明天滿堂可是沒空的。

不過我現在肚子很餓，泡麵煮好的三分鐘也變得漫長，而度過三分鐘最好的方法，就是放音樂。最近我一直很喜歡一首歌，旋律很好聽，歌詞也很打動我，節奏中板，整首曲子帶點淡淡的傷感和些許的甜蜜，這樣甜苦交織的感覺，好像我自己。

家裡沒人，我把音樂開到最大聲。

「一天只想你一次，不能再多了，我要好好珍惜才行……」輸入，發出。

映軒，我一天不只想你一次，卻還是不夠，我沒辦法控制。

順便看了一下推特，剛剛太專心寫作業了沒看。我又習慣性的先找他的影子，而，這次

我看見的還是那棵小樹，只是他不知道哪裡變出來的小雨傘，撐開了勾在樹枝上，看上去就像是小樹在撐傘一樣。

那是昨天的推文，沒有文字敘述，只有那棵小樹，撐傘的小樹。為什麼呢？我有種錯覺……映軒，我可以當作是你在安慰我嗎？

* *

同日，下午4點47分。

總是這個時候下大雨。

我在曬衣服，從陽台上可以看見每一粒櫻桃般大的雨滴從天而降，即使陽台不是露天的，還是可以感受到濃厚的濕氣。

不知道這些衣服又要什麼時候才會乾了。

希望明天放晴啊，我不想全身濕答答的上課。太陽先生，麻煩你，看在我這兩天這麼認真放假的份上，明天出來上班吧。

我不知道自己怎麼了，中午看到映軒的推文之後，心情竟然好了很多，雖然還是有些澀澀的，但感覺不那麼難過了。跟歌詞講的一樣啊，你像陽光一樣在我最疲累的時候閃耀。

映軒，你在我難過的時候替我掛起了晴天娃娃，程奕微好像又是程奕微了。

曬完了衣服，我拿了手機躺到床上，又是那個壞習慣，看推特。第一眼就是他的推文，是一張照片，他把他的全罩式耳機戴在小樹「頭」上。

「聽你聽的歌，這樣會比較靠近一點嗎？」

嗯？我愣了不只一下，他……是在說我嗎？

在我中午發完了動態之後看見這個，是跟我有關係嗎？會不會有另外的人也……

「今天上課途中聽了Break Down，跟著節奏走路真是整個熱血沸騰啊！」

是那個球經的狀態，被班上的人轉發，說是練球也用這首可能也會很熱血沸騰。但，為什麼偏偏是她發了這則狀態？為什麼她的發文時間在我之前呢？

李映軒，為什麼要給了我希望之後又讓我絕望呢？不對……他憑什麼給我希望？他根本不知道我喜歡他啊！

喜歡他的是我，不是嗎？可是我還是很厚臉皮的，找回他的推文，想要收藏。

「我離你很近了，你不知道嗎？」是回覆，那個女生的回覆！我竟然現在才發現！

「哈哈，是啊，很近。」映軒回了！所以，那則推文……

12 我想，小樹不是我

5月24日，早上9點43分。

歷史課，我遲到了，整整遲了一個小時又三十三分。

本來沒打算去的，想說遲到就遲到了，可是我就是這麼死心眼，知道他在，所以為了他，還是去了教室。

剛到的時候，教室裡黑漆漆的正在看幻燈片，我從前門進去找了個角落坐下，視線卻不是在沒剩幾張的幻燈片上，而是我的對角，開著筆電好像在趕文章的他。

純粹的，想藉著黑暗的屏障，肆無忌憚的看著他。

他一個人靜靜的埋頭碼字，有時候停下來思考，有時候抬頭去跟他後排那群朋友交換意見，有時候露出笑容，有時候視線隨著頭往後轉而跟著環視，好像在找什麼。

突然，他看向我這裡，不知道是在看我，還是在看我附近的人，但我知道，我躲掉了他的目光，順了順瀏海擋住眼睛，拉了拉口罩。

是，口罩，我感冒了。

在轉頭的時候，我看見他原本笑著的臉，卻在看到我的瞬間迅速收回。

看到我有這麼不高興嗎？連笑容……都不願意給我。

低下頭，我滑開了手機螢幕，依舊是那個看推特的壞習慣。只是這次，我卻只顧發文，什麼都沒看。

「你就不能，對我笑一下？」附了一張照片，正好拍下幻燈片上古人所畫的美女，發出。

我只是想小小的跟他抗議。

*　　*

同日，下午1點13分。

文學概論剛敲鐘不久，老師還沒來，同學也都還沒到齊。我坐在第一排，故意離插座近一些，打開筆電，開始思考網路上連載的那些小說怎麼辦。

「喂，他早上的推文你看了嗎？」愉賢拿著午餐走進來，還差點踩到我的電線。這傢伙是絕對不會坐我旁邊的，因為她想利用上課睡覺，會躲在我身後。

我搖頭，繼續盯著筆電，手指卻不是敲鍵盤，而是敲桌子。

「去看一下吧，我真的不知道他在想什……@#$%&*……」尚未語畢，愉賢塞了一大口飯，後面在說什麼我聽不懂，可是手指卻很聽話的打開了推特。

是一張圖，小樹被他放到曬得到太陽的窗台上。「小樹！難得今天不下雨，來點日光浴吧？」

我轉頭看向窗外，今天的確沒有下雨，還有些陽光……所以李映軒，你打算帶你的小樹去哪裡曬日光浴呢？

「那傢伙好像要去約會的樣子，不知道在約誰。」愉賢在老師進來前塞完了飯，現在一手拿著果汁喝得很開心。

約會……

我點開了回覆……我發誓，如果我可以提早知道是這種對話，我絕對不會手賤去點開它。

女球經：「是吧是吧，今天陽光好舒服呢。」

映軒：「小樹肯定也喜歡。」

女球經：「嘻嘻嘻～」

「奕微，你旁邊有人坐嗎？」

聞聲，我抬頭，看見他一臉笑容的站在我旁邊。

「李映軒你不要坐那裡啦，我要放書包！」愉賢大叫。

我旁邊是沒人坐，可是放滿了趙愉賢的東西。

「不管，你東西拿走，我要坐奕微旁邊！」

不管……我要坐奕微旁邊……。我又抬起頭，正好對上他的眼睛，寫著那樣的堅定。為什麼要坐我旁邊呢？

碰碰、碰碰、碰碰……又來了又來了，只要一靠近他就永無止境的加快心跳。他坐了下來，我立刻縮小推特的頁面。

「學期末功課好多喔，我欠了好多字！」他打開筆電，另一手還拿著午餐。

原來，只是為了讓兩台筆電一起開著比較正常，他不想一個人被老師注意。「嗯。」他嘴上是那樣說著，卻點開了推特，我沒敢看，撇開眼睛努力將注意力轉移到自己的畫面上。可是沒過多久，被縮小的頁籤卻因為提示而閃個不停。

是回覆，映軒回覆我的，一張笑臉，但僅僅是一張笑臉，卻讓我心情頓時又好了起來。

抬手才正要回覆，原本在身邊坐著的他就站了起來，往門口跟他揮手的女孩那走去。

「那是他們球經喔。」愉賢小聲說著。

很漂亮，那女生很漂亮……跟映軒配起來剛剛好啊。

兩人不知道在說什麼，好像很開心的樣子，原本想要回覆他的心情，這下子也都沒了。

他的小樹，是另一個女字旁的「她」。

他笑了，她也笑了……他發了個笑臉給我，而我卻笑不出來。

「呀，別看了。」愉賢摀住我的眼睛，把我的頭轉回正面。

我也不想看，可是卻移不開視線啊。兩個人看起來好登對，好像天生就是要在一起似的，程奕微如果是你站在映軒旁邊，畫面還會這麼和諧嗎？

＊　＊

同日，晚上點58分。

漫無目的的刷推特，我早上的推文被留言炸翻。不是說我癡人說夢，就是說我眼花，還有妹子要我穿越時空……拜託，我是馬爾泰若曦嗎？

當然，那個笑臉，我反覆看了好幾次，卻越看越有諷刺的味道。

今天，他們約會很開心吧？日光浴不知道是去哪裡曬……

「為什麼今天不下雨？」輸入，發出，沒有附圖。

沒有幾秒，回覆提示就在亮——來自，愉賢：「今天晴時多雲偶陣雨，替你的心穿雨衣！」

再幾秒，我返回首頁，卻看到一則新的推文，是映軒的。

「小樹，你渴了嗎？」附圖是他拿著澆水器正往盆栽裡加水。

回覆，是愉賢打的：「別澆太多，浪費水，淚水不用錢嗎？」

映軒：「淚水？」

愉賢：「水不要澆太多，小樹會淹死的，你沒看見她奄奄一息嗎？」

我終於知道愉賢下午說的那後半句是什麼了——「我真的不知道他在想什麼，小樹到底是在說你還是那個女的？明明比較明顯的人是你啊。」

愉賢啊，謝謝你，但我想，小樹不是我。

13 你有你的小樹

5月25日，早上11點17分。

感冒還是不見好，原本要上課的今天，我卻傳了簡訊讓愉賢幫我請了假，我不知道她有沒有看到，反正，沒出門就是了。

其實我早就起床了，沒有繼續窩著睡。坐在電腦前也有兩個多小時了吧，就是死不開推特。這是第一次，我制止了自己想要尋找他的念頭，就像害怕被燙到一樣。嗯，是害怕，我在害怕……

害怕看見什麼，害怕從此少了什麼，或是多了什麼。

自以為的眼不見為淨，就什麼都不會發生；自以為這樣就能維持一樣的生活，可以一直這樣喜歡下去。

可是李映軒，你憑什麼仗著我喜歡你，就這樣擾亂我的心呢？好過份。

「喂？」接起旁邊響個不停的手機，我順便看了眼電腦上顯示的時間，已經下課了啊。

「愉賢，怎麼了？」

「今天李映軒來上課了。」

「嗯？他不是沒有修這堂課嗎？」

「誰知道啊？」愉賢的聲音突然壓低，好像有什麼秘密。「那個球經也跟著來了……喔對了，李映軒他下午有球賽，你要來嗎？」

球賽，我是知道的，只是突然不怎麼想去了。「算了，我真的不舒服。」

身體不舒服，心也不舒服……我該怎麼辦呢？好幾天前還在期待的球賽，想看他在球場上奔馳的身影，可是，現在要我去看球經替他擦汗、保管水壺、給他加油……

我辦不到。

「那你好好休息。」

「嗯。」

結束通話，我想繼續這樣不明不白的任性，卻還是很想多少給他打氣。好矛盾對吧？但我還是打開了推特……咦？

「小樹，幫我加油！」

是映軒早上的推文，照片裡的小樹，上面掛著兩顆籃球吊飾，紅紅的，在綠色的枝葉上好顯眼。

所以，球經陪著你去上你沒修的課，打發時間，順便跟同學宣傳你下午的比賽，球經也會站在球場邊，站在離你最近的位置幫你加油。

是這樣的吧……映軒？你有你的小樹，不需要我的加油了。

* *

同日，下午6點07分。

昏睡了一下午，這會兒才渾渾噩噩的醒來，頭還是有些暈。

房裡很悶熱，儘管電扇在吹，而我卻怕病情加重而沒敢讓它面向自己。窗子是開著的，但是風吹不進來，所以我開了空調，按到了二十七度。

床頭，手機被我關了靜音，可是螢幕一直在閃，拿起來一看，才發現是愉賢，四通未接來電，還有她LINE了我十幾次。

喔，我辦LINE了，這件事沒多少人知道，就幾個比較要好的，最近加我的也只有宇澤哥而已，映軒不知道的，他可能連我的手機號碼都沒有……是啊，怎麼可能有？班級通訊錄上面那個是我的舊號碼，我沒去修改。

把愉賢留下的訊息看過一遍，才知道她把今天球賽的影片傳給我了，還要我不要躲著李映軒。放下手機，我想了一下，還是打開了電腦，在郵箱裡看見一個影片夾檔，點開來看。

他還是那樣，每個轉身、接球、搶奪、假動作、上籃、防守、射籃……都做得好漂亮，技巧好高超。可是，他看起來有點心不在焉，總是在空檔的時候東張西望。

「啊！」我喊出了聲，在他漏接了球，還被絆倒的時候。絆倒他的是別隊同時跟他搶球的人，那個人沒有犯規，是映軒自己沒有注意。

比賽還在繼續，他站了起來，甩了甩手，跟教練示意沒事，然後投入戰局。球賽打到第二節，映軒的失誤越來越多，犯規次數也快滿了。

這大概是我看過他最差的表現了！

中場休息，他拿過球經遞給他的毛巾和水，依舊站著，身體緩緩的轉了一圈，最後還是被球經強制壓在椅子上坐著。那個球經拿著藥箱走回他身邊坐下，拉起他的手，好像在擦什麼，手指在他的手臂上來來回回，還低頭靠近不知道在做什麼，他也就讓她那樣拉著。

直到第三節開始，映軒還坐在原位，大概是被換下來了吧，不知道他的傷要不要緊。

他不在場上，鏡頭裡自然沒有他，我也沒有繼續看下去的意思，關了影片，打開推特。

「今天，對不起……我只是找不到小樹。」很難得的，他沒有放小樹的照片，而是一張白紙，上面用紅筆畫了一個大問號。

他的小樹……不是一直都在場邊嗎？

我點開的回覆，不出意外的看見那個女孩的名字。

女：「真是的，不過就是去買個水，回來你就受傷了！」

映軒：「抱歉啊。」

看到這裡，我又打開了影片，才發現前兩節，那個球經果然不在。所以……映軒是在找她吧。

只是人不在，就足以讓你失誤連連嗎？映軒，她在你心裡的份量一定很重……

把游標移到輸入框上，我雙手放上鍵盤：「鼻水一直流……難受:(」

鼻水只是藉口，難受，是因為李映軒。

吶，你知道嗎？我就是這樣，明明知道你有喜歡的人，可我還是死心眼的喜歡著你……

14 愛你，被關著也心甘情願

5月26日，下午4點21分。

剛洗完澡，對於平常習慣晚睡的我來說，這麼早就洗完澡其實很不正常，但想想拖越晚越累，早點洗完也可以早點休息，明天還要上課呢。

身體是放鬆了，可是心還是緊緊的，我也不知道這是什麼感覺，腦子脹得滿滿的，只有映軒的身影——今天一整天，無論做什麼都想著他。

想他的傷，想他痛不痛，想他要不要緊……即使，他的小樹應該在他的身邊照顧他。

早上的時候，愉賢告訴我映軒這週沒有回家，還待在學校……消息來源，當然是她親愛的宇澤學長。說來也剛好，宇澤哥的房間竟然在映軒隔壁，這件事情也是愉賢跟我說的，可見她最近一定經常出入男生宿舍，不……是宇澤哥的房間。

至於映軒這週沒回家，大概就是因為受傷吧，但他是不想讓家人擔心，還是想藉著受傷當理由，跟小樹約會一整天呢？

呀，程奕微，別老往負面的地方想啊！做好你自己！做那個……喜歡李映軒的自己。

跟愉賢說的一樣，沒有人能夠阻止我喜歡他，因為感情是我自己的。以前會覺得趙愉賢

這個人真是個損友，可是現在經常會覺得有她在身邊還不錯……自從她有了男朋友之後，整個好像戀愛顧問，時常給我建議。

噹噹……

唉，自從辦了LINE之後，時不時就要帶手機在身邊，不習慣接手機的我，還不是很習慣。

「嘿，感冒好點沒？」咦？這個ID沒看過……樹先生？

「在嗎？奕微？」

是、是……「映軒？」我不敢相信的回了過去。

「嗯，是我。（笑臉）」

「你怎麼知道我的ID？」

「跟宇澤哥要來的，順便有了你的新號碼……對不起喔，沒經過你的同意。」

「沒關係。」也太……不可思議，他竟然主動找到我的聯繫方式？

「身體還很不舒服嗎？你昨天沒來上課。」

他知道我沒去上課？還知道我感冒？……啊，推特發著呢，我怎麼忘了。「好多了……」

「那就好，昨天看到推特還很擔心來著，你沒事就好。」

擔心……他在擔心我？啊啊……這是什麼感覺啊，暖暖的……好開心？

「昨天本來想拿東西給你的，結果你請假。」他沒等我回應，自己就繼續說了下去。

「以為你會來看球賽，也沒看見你。」

「什麼東西？」

「（奇怪的表情）秘密～」

賣關子……不過，他之所以起個大早去上他沒有修的戲概是因為要找我？我可以這麼解釋嗎？

「啊，球賽贏了喔，雖然你沒有來看，我還是想跟你炫耀一下～哈哈～」又發過來了，可能是我一直沒說話……

可是說起球賽……「你的傷，還好嗎？」

「你怎麼知道？該不會你在場？」他傳了一個驚訝的貼圖，其實挺醜陋的。

「我看了影片，怎麼那麼不小心……」

「就……找不到小樹啊，從早上開始就一直找不到，整顆心都在它身上了。」

這句話，我等了兩分多鐘，依照他前幾句發出來的速度，慢很多。

「小樹不是跟你解釋了嗎？不在的原因。」去買水啊，我知道……

「是啊，還以為出了什麼事呢，幸好後來找到了。」

喔，恭喜啊……這句話要我怎麼回啊？「嗯。」

「好啦，我不打擾你了，你早點休息吧。」

其實，你不用覺得打擾了我，我還想這麼繼續聊下去的……「你也是。」

* *

同日，晚上9點47分。

我覺得我最近睡得有點多，不過也好，補眠。

平常沒法睡的，這幾天努力補回來。不過話說期末考又靠近了，而我卻還是沒什麼實感。

開電腦上了推特，我突然又覺得不怎麼難過了……我好像太容易滿足了，也才一個小小的關心。可是他主動跟別人要了我的號碼，還特地關心我耶……嘻嘻嘻。

儘管……他有他心愛的小樹，我還是好喜歡他。

「小樹不要再著涼囉。」附圖一張他把小樹包在棉被裡，然後人趴在旁邊含笑盯著。

下面又是吐聲一片。「那樹會死吧？」、「你傷到的其實是腦子我覺得。」、「李映軒你那什麼變態眼神？」、「小樹好可憐～」……

「現在夏天耶，會悶死喔。」大概是心情好，所以我回他了，但是我很純粹的是在說樹，跟任何人沒關係。

映軒很快就回了：「你還說呢！病人快休息！」

我笑了，心還是暖暖的：「我在說樹！」

映軒：「我在說你！」

我覺得我嘴巴就這麼咧著了，回送他一張大笑臉。

換了頁面輸入自己的狀態，找了張籠中鳥的圖片，發出。「愛你，被關著也心甘情願。」

我不知道這是什麼心態，卻像是回覆他似的發出了這個推文。

幾秒後，我收到了回覆，不過是愉賢的：「嗯不嗯啊？你們兩個。」

如果愉賢的「兩個」指的是我跟映軒……「要你管？」

我笑著回覆她，想像著她在電腦前跳腳的樣子，然後按下刷新了頁面。映軒推文的底下又多了幾個回覆，我按開，除了幾個是在同意我說法的，我還看到了，那個球經的回覆。

女：「小樹大概不是被熱死的，而是被你的眼神暖死的。」

映軒：「有嗎？」

女：「（幸福的表情）」

映軒：「不行啊，怎樣都會死，那不如被愛死。」

那女的沒有回……還是還不知道怎麼回？映軒都這麼明著說了。

左胸好像空了什麼，身體好像有些輕。不是早就知道的嗎？最後總是自己一個人開心、一個人甜蜜、一個人幻想，然後再一個人難過、一個人苦澀、一個人幻滅。

李映軒，你怎麼可以同一天給了我錯覺又狠狠的戳破這個夢？你把我當什麼？

15 他有多愛「它」

5月27日，早上9點22分。

今天早上睡過頭了，現在還在車上，還有不到四十分鐘就要上課了，目測是不會遲到，不過可能有點趕。

星期一，還是令人期待的……兩日不見，即使網上聊過天，還是會想親眼看看他。在只有我們班自己上的課裡，不會有別人了吧，包括他的小樹。

打開推特，我很少會在車上看推特的，但今天突然很期待我昨天發的推文，他會回什麼。那隻籠中鳥，我只是想表達自己寧願被愛著他的這份感情囚禁……被關著，也心甘情願。

當我把回覆全部看完，卻發現沒有他的，他沒有回……可是卻更新了。

難得的沒有小樹，而是他站在那棵大樹下仰視樹枝的照片，看起來是他自己拍的，只能在角落看見他露出來的臉，還有略為悲傷的表情。

「樹啊，我不懂我的小樹。」

為什麼……我會有一種強烈的無措感？在盯著他的表情的時候……

* *

同日，下午1點07分。

「現在在幹嘛？」

手機在震動，原本趴在桌子上的我，迷迷糊糊的拿起來看，看見樹先生的名字一閃一閃的，突然又精神了起來。

「沒幹嘛，怎麼了……？」我迅速的打著字。

在習慣的位子上、習慣的窗邊、習慣的角落、習慣的景色旁邊，趴著，想他。

「喔。」他只回了一個字，然後很久都不說話。

什麼啊，把人家弄醒了之後又消失了……。其實我只是來圖書館睡午覺，順便查資料，但既然醒了，那就認真一點起來找資料吧。

我站起身，走入一排排的書架。

吶，如果命運有巧合的話，是不是在圖書館的書架中間穿梭，也會遇到真愛？有多少電影和愛情故事是從圖書館開始，可是現實不是劇本，怎麼可能……「哇！」

「噓……小聲！」有隻大掌摀住我的嘴。

映軒？

戴著口罩，嘴又被他摀著，我只能睜著滿腦子的疑惑，用眼神傳達給他……雖然不知道他看不看得懂。

他放開我，指了指一旁的桌子，又指了指另外一邊，笑得連牙齦都出來了。我順著他的手指看了看，才知道……我們兩個隔了一大排書架，遠遠坐在圖書館的兩邊，其實轉頭就看得到的，可是剛才我顧著看窗外，起來找書的時候也只顧著看書架而已，所以沒看見他。

「剛剛發現你在那裡，可是又不確定，所以才LINE你的，果然是你！」他用氣音說著，一邊拉著我到他的位子上，然後自己開始收拾東西。

我不知道他要做什麼。「嗯，是喔。」

「你對面那位子有人坐嗎？」他收完了東西，單手拿著書，另一手卻空空的。

我看著他帶著護腕的手，輕輕搖頭。

「走吧！」

「嗯？」

「跟你一起坐。」

「呃……」嗯？他說什麼？跟我一起坐！

還在驚訝之中，就被他拉到位子上，然後看著他自顧自的坐了下來，又示意我坐下。而我坐下了之後，他卻只是笑了一下，然後專心的寫他的作業……

他今天好奇怪，可是……好開心喔，他就在我的對面，不看他的時候，能夠聽到他呼吸的聲音，只要抬頭，就可以看見他了。

可是，他不是應該跟他的小樹在一起嗎？

「映軒……」

他抬頭，用筆敲了敲我的筆電。「專心。」

「你們球經呢？」我忍不住，拿起手機就發出這幾個字。

他皺起眉看著我，然後又低頭。「很重要嗎？」

我愣了一下，抬頭看他，而他正好也看著我。那個眼神像是在探究什麼，熾熱得好像要把我看穿似的。

我立刻閃開他的眼睛低下頭，那樣的眼神太令人害怕……都怪我自己多嘴。他有多愛他的小樹，連別人問起都不可以……

＊　＊

同日，下午3點17分。

跟映軒一起從圖書館走到球場上體育課，短短的距離，卻讓人感到幸福……因為只有我們兩個人。我故意放慢了腳步，而且他好像也在配合著我，我們都沒有說話，只是這樣慢慢的走著。

「映軒！」清亮的女聲從面前傳來，那位球經站在球場入口，看起來像是在等映軒的。

「嗯？你怎麼在這裡？」映軒的口氣聽起來有些詫異，他回頭看了看我，然後加快腳步走到她面前。「奕微你先去吧。」

我點點頭，卻用比剛才還要慢的速度邁開腳步。

「我來盯著你啊，怕你忍不住又下場打球了。」球經甜膩膩的聲音在我身後歡快的響起。

我的腳步停了一下，看著前面跟我揮手的愉賢，朝她笑笑然後接過她傳過來的球。

放了東西、扯掉口罩，我走入球場，運球、投籃……球偏了，打到籃框之後掉了下來，被同學撿走。大夥都在熱身，而我整個心思都在映軒身上，回頭看向入口，卻發現他一個人把東西放在看台上，然後走到場中。

「李映軒，剛那美女來找你的啊？」

「幹嘛？羨慕？」

同學笑著調侃，卻反被映軒嗆回去，接過球，單手射籃，進。

「喂，你不是受傷？」我看他一副就是想打球的樣子，怕他又讓傷口惡化。

他卻抬手撫亂我的頭髮，笑得一臉燦爛。「你難得下來行光合作用，我當然得下場啊！」

「噗……」旁邊喝水的趙愉賢突然把水噴了出來，臉上是那樣不明的笑。

我退了一步，不習慣他這麼親密的動作……可是同學之間，甚至是朋友之間，這樣好像應該沒什麼吧？不對，我又搞錯重點……這也才第幾節籃球課？講得我好像都不運動一樣。

「放心吧！」他又抿起笑容，將球傳給愉賢。

分隊是這麼分的，白色衣服的人一隊，場上十個人，剛好有五個穿白色衣服。所以我跟映軒不同隊，因為我穿白色衣服。

今天很特別的是男女混在一起打，通常這樣的比賽，混亂是必然的，但有趣也是必然的。大家都因為映軒是校隊而老是傳球給他，但他的手受傷，我為了不讓他拿球就總是去搶，可是每次跟他面對面的時候卻總是退縮，我怕是我自己弄傷他，搞到後來有些綁手綁腳。

現在好了，又有人傳球給他，我跑上前想拍掉快要被他接住的球……

「啊！」我眼睛一閉，再次睜開的時候，我們兩個都倒在地上，我下意識的用右手撐住身體，而他則是躺在地上。

我爬了起來。「映軒，你還好嗎？」我怕，真的怕他受傷。

「我還好……你真的很拚命耶！」他坐了起來，又笑了。

我說你能不能不笑得這麼好看，犯規你知道嗎？

「沒事就好……嘶……」我嘆了口氣，站起來也把他拉起來，手腕卻一陣刺痛。

「怎麼了？手痛？」我們都站了起來，他卻不肯放開我的手。

「沒事啦，剛剛撐了一下。」我試著轉了轉手腕，還是有點刺刺的，卻沒有剛剛使力拉扯的時候痛，大概有點扭到了吧。

「我們還是休息吧，我也不能打太久。」他推著我往看台走去，其他的人也走到場邊找水喝。

我走到場邊坐著，可是太陽曬得太毒，就算不跑動了還是很熱，我看著映軒在有樹蔭的地方坐著低頭玩手機，又轉頭看著旁邊跟別人打鬧的愉賢，走過去拉住她的袖子。「呀，陪我去買水，好渴。」

「嗯？等一下……」

「奕微！我陪你去！」

我才正想愉賢這是拒絕我，所以打算去找別人時，映軒跑到我面前……剛剛不是還很認真的看手機嗎？

「走吧走吧！」他趁老師沒注意就撥開樹叢直接拉著我跑出了球場。

「哈哈，這樣好像高中翹課的感覺。」其實便利商店很近的，也犯不著這麼偷偷摸摸，可是這樣逃出來卻有些過癮。

「有耶，哈哈哈……」便利商店真的很近，我們才講幾句話就到了。

「請你喝飲料吧，想喝什麼？」站在琳瑯滿目的冷藏架前面，我笑著對他說。朋友好像都是這樣的，打了一場球之後，關係會變好。

至少，我跟他不再只是好同學，而是好朋友。

他看了我一眼，然後又別過臉，拿了瓶果汁就遞給我。「謝謝。」

我接過果汁，自己走到收銀台前結帳，他則走到門口等我。

出了便利店，在走回球場的途中，我又故意放慢速度，而他也好像在配合我一樣，短短的一段路，我們越走越慢。

突然的，我很想知道某些事，儘管知道問出來可能會很唐突，可是卡在心裡真的不好受，至少我想知道我還能努力的空間有多大。「映軒。」

「嗯？」他咬著吸管，看著前方。

「你覺得……你們球經怎樣？」我含住吸管，想讓自己問得含糊，可是沒什麼效果。

他停了下來，兩隻眼睛盯著我，就像稍早在圖書館那樣，熾熱而想把人看穿似的。「你覺得呢？」

「我……」我實在是承受不住那樣強烈的注視，躲開了。「長得很漂亮、很可愛，看起來也很貼心……」貼心是我看到她那麼認真照顧映軒，不論是身為球經和球員，還是其他……。

映軒點點頭，繼續往前走。「的確……」

是不是不喜歡我提到她？可是他也肯定了我的答案，所以那位球經在他心裡，也是這樣子的吧。

「對了，你昨天不是說有東西要給我？」我換了語氣，試著想要散開這樣低迷的氣氛。

「映軒！」剛剛我們談論的女主角又出現了，正朝著我們遠遠的走來。

我轉頭看向映軒，而他也看著我，但那眼神卻陰暗得不行，沒多久就撇開臉。「……我忘了帶，改天給你。」

「喔……樹先生！」我第一次看到他露出這麼可怕的表情，退了一步，腦子卻轉念一想，舉起左手掌，然後看著他的表情轉成疑惑。「High five，今天跟你一起打球很開心。」

「嗯，我也是。」他笑了，抿起笑容的他才是最好看的。

啪！掌聲在空氣中響亮。

我轉身，正好跟那個球經擦肩，側頭看了一眼，我揉了揉左手掌心裡沾著的汗水，有映軒的溫度，覺得今天夠了，有過單獨相處，又熱血奔馳的……今天真的足夠了。

「不是讓你別來了嗎？」

「你們班的人說下課了。」

身後的一切，我不想去看，我得學著保護自己不傷心。

「你的書包，走吧，去搭車。」愉賢見我回來，直接把我的包包塞進我懷裡。

「怎麼這麼早放人？」體育老師什麼時候變好人了？

「放都放了，走啦。」

「喔。」

＊　＊

同日，下午6點19分。

提早下了課，當然也提早到了家。

我划開手機打開推特，第一眼就看見映軒剛才發的推文。還是那棵小樹，不過它的枝葉

被映軒用一張好像是他自己手繪的簡易地圖包住，上面還有用黑筆寫的大字：藏寶圖。

「小樹，對不起，原諒我的自私。」

16 我想我也需要養一棵小樹

5月28日，早上7點28分。

又是一個太早到校的早晨，剛下車就直直的往餐廳走去。今天特別餓，我只想快點吃到早餐。

習慣性的又走到他上班的早餐店，習慣性的在點餐後尋找他的身影，然後又習慣性的失望。又沒看見他，他是被炒了嗎？

說到他，他昨天晚上的推文……說實在，真的讓我有些錯愕，然後隨之湧出愧疚感。他是誤會我喜歡那個球經了吧，所以自私的想把她藏起來，不讓人看見。

昨天每次我提到球經的時候，他的表情都很凝重，好像不喜歡我提起。呃……我不想讓他誤會的，今天一定要找他說開才行。

「火腿蛋吐司好囉！」店員響亮的喊，而我接過早餐，慢慢的往教室裡走去。

明明可以走地下道的，而我卻偏偏走了斜坡，想去看一下那棵大樹。

走到樹邊，輕輕摸了摸它的樹皮，粗獷的觸感滑過指尖，每條紋路的凹凸都能讓我真真切切的感受到它所有歷盡的滄桑與感動。

一切都是從這裡開始的，樹上樹下，穿著白襯衫、打著黑領帶的男孩和女孩，一個隨心所欲、另一個緊張兮兮。

走遠了幾步，我轉頭拿起手機，捕捉這少少的人群中，那樣孤立而勇敢的大樹。如果我也一樣勇敢就好了……昨天在回家的途中，愉賢說我應該主動一點。

主動，哪有那麼簡單？她說她的小兔子學長當時孑然一身，可是映軒早就有他喜歡的小樹，我一個人看什麼？

將照片上傳，寫上文字，發出：「我想我也需要養一棵小樹。」

我更需要樹先生。這麼發文，我是故意的，想引起他注意。這是我目前為止最能夠主動的方式了。

「為什麼？」他回覆了，意外的快速，在這樣安靜的早晨，但不是推特，而是用LINE。

「就只是想而已。」我這麼回著，卻是實話。

「小樹只有我可以有，那是我的專利！」

看看他的佔有慾，他的小樹，別人碰都碰不得。

我突然沒那個心情回他了，怕他又說出什麼保護小樹的話，只會徒留我一個人在原地憂傷，愛情應該是高興的，裝死啊程奕微，你忘了嗎？

＊　＊

同日，中午12點34分。

跟愉賢兩個人在便利店隨便買了午餐就跑去系圖窩著，我實在是不想在外面那樣毒辣的太陽底下走動。

「呀，你早上那推文怎麼回事？」愉賢喝著她的貢丸湯，咬字有些含糊，但意思卻很清楚。

「就那樣啊，突然很羨慕他的小樹。」我含著吸管，吸了一口綠茶。

「你發那個根本就是讓人誤會的啊。」愉賢皺起眉，意有所指的說，但我卻讀不出來她所指的東西。

誤會，是啊，這樣映軒就會以為我要跟他搶小樹吧？「再去說開就好了。」

「說開？」愉賢一臉詫異。「你要去告白了？」

嗯？她在說什麼？告白？我搖搖頭。「才、才不是！我只是怕他以為我是他情敵……」

我說完這句話之後，漸漸的發現愉賢看著我的表情像是看一個不認識的物品，用疑惑，或者是新奇的眼神上下打量。

「你幹嘛？」我實在是不喜歡這樣審視成分過高的注視，推開她的臉。

「我覺得……你很傻。」她站起身，低頭收拾著桌上的垃圾。「傻到我都不知道你的這裡……裝了什麼。」她指了指自己的腦袋，然後往外走。

裝什麼？裝了李映軒啊，除了他，什麼都裝不下了。

「不是讓你主動嗎？你光羨慕他的小樹有什麼用？」她丟完垃圾回來，坐下來趴在桌上，一副就是吃飽了我要睡覺的樣子。

「他好像真的很愛他的小樹，不是嗎？這是讓我最羨慕的。」

大部分的推文都少不了它，小樹的各種狀態，比他的心情廢文還要多，他的世界好像就只有他的小樹似的，怕它冷、怕它熱、不見了心慌，現在又藏起來鎖在自己身邊。

愉賢聽完我的話，突然笑了。「到底有什麼好羨慕的？幸福要自己主動爭取！」

說得那麼容易，有多少人做過？

「走啦，上課了。」她自顧自收了書包，也不等我就直接往外走。

還是得說清楚的吧，我不想讓他討厭，更不想讓他誤會我。

＊　＊

同日，下午3點19分。

為了服務學習而將全班集合在一起，幾個人拿著打掃用具在角落聊著天。所謂的服務學習，其實就是打掃學校的意思。

老實說，我到現在都還沒看見映軒的人影。早上的課不在一起上就算了，下午的課明明是重合的，卻也不見他出現。

「李映軒……映軒？李映軒！」負責點名的愉賢大聲喊著，東張西望的尋找。

「在這裡。」一個故意壓低的聲音突然出現在我旁邊，把我嚇了一跳，倒是愉賢沒什麼表情，點點頭在簿子上做紀錄。

我看著站在我身邊的他，而他正遙遙的望著那棵大樹，他身邊並沒有那位跟得很緊的球經小姐，是真的藏起來了不想讓我看到吧。

「映軒……」

「嗯？」

他將視線轉移到我身上，反倒換成是我去看那棵大樹了。「早上發的推特，我沒別的意思。」

「……嗯。」他回應了一聲，像是在示意我繼續說下去，可是那聲音聽起來有太多的不確定。為什麼？

「我說的小樹，不是你的小樹啦。」我說的小樹，是在說你呀，樹先生！

「什麼意思……？」他繞到我的前方，整個臉擋住我的視線。

「嗯，就是……我們說的小樹，不是同一個，所以……不要誤會，我真的沒別的意思。」我說得很慢，也斷斷續續的，因為我很緊張，我不希望我好不容易拉近了距離，卻又因為小樹而逐漸淡遠。

看著他突然撇過頭背對我，我以為他還在生氣，想也沒想就抓住他的手了。「映軒，對不起啦……我們，還是朋友吧？」

「朋友？」他轉了過來，輕輕撥開我的手，抿起笑容。「嗯，朋友。」

我鬆了口氣，幸好，沒有被他討厭……也跟著他笑了起來。

*　　*

同日，晚上11點37分。

趕星期五作業的休息空檔，我又習慣性去看了推特。早上我發的推文，大部分的留言都是叫我不要學李映軒之類的話。

頁面刷新，我看見他的推文更新，在半小時前。

是那棵小樹，旁邊擺了一個跟它一樣大小的梳妝鏡，完全的映著小樹，就像有兩棵小樹一樣。

「我的小樹不是我的。」

什麼？

17 答案很肯定，卻沒有勇氣

5月29日，下午3點17分。

今天唯一的課，配合學校去一個無聊的地方充人數，坐著聽無聊的演講。冷氣開放、座

椅鬆軟……好想睡覺。我看著越來越多的無辜觀眾意興闌珊的入場，卻始終沒有看見映軒。

「別找了，現在進來的人都被關在門外了。」愉賢拿著手機，低著頭專心殺戮，看起來是沒打算認真聽講了。

門真的都關了起來，班上有一半的人沒辦法進來，大概正樂得有個意外的清閒吧。

其實我也不是很想待在這裡，側頭看著身旁完全與這世界抽離的趙同學，然後我戴上口罩、塞上耳機，打算用我自己的方式也抽離這個對於人生毫無意義的兩個小時。

沉靜而有些憂傷的音樂從耳機裡流瀉到心裡，像個婉轉輕柔的故事在腦中形成畫面，卻稍縱即逝。本來想要藉此哄自己入睡的，卻總是在腦筋最空白的時候想起跟映軒有關的一切。

昨天他的推文，不知道在說什麼，可是他心裡一定還是沒那麼快釋懷吧？如果他的小樹不是他的，那就是覺得我還是喜歡著他的小樹了。

樹先生，我喜歡的是你啊！

划開手機，打開了推特。

回覆他：「是你的就是你的。」

我只是不希望他誤會。

「真的嗎？」不是推特，是LINE，來自樹先生。

我發出一個點頭的貼圖。

「你真的知道我在講什麼嗎？」他回得很快，估計是在用電腦吧。

可是這句是什麼意思？「我們在講不一樣的事情嗎？」

「不管，我當真了。」

「我說你們啊，這到底是什麼對話可以搞到這麼難懂？」愉賢突然用氣音說話，我轉頭，看見她的視線正好在我的手機上，另一手就迅速遮住。

「你幹嘛？」收好手機，我有些驚恐的看著表情不明的趙愉賢。

「唉……」她搖搖頭，繼續玩手機。

李映軒，你看看你的佔有慾，最近沒看到球經，是被你藏起來了吧？不想讓別的人看到……你是不是在防備我？

*　　*

同日，下午5點47分。

泳池畔，我穿著泳衣剛做完熱身，才正準備要下水。

今天挺熱，不過我來游泳池才不是因為要消暑，而是補我自己的游泳課缺席的時數。沒有人陪，包括那個上次讓我在池邊苦苦等待三個小時的趙愉賢也跑了，完全不顧及上次我陪

她的義氣。反正我也認了，還是確保自己體育成績會過比較重要。

慢慢下了水，水溫比想像中還要溫暖，我在水比較淺的地方蹲了下來，靠在牆邊，卻沒有要游的意思，只是窩在角落裡看著認真游泳，或是打水水花太大的水道，想著這位子不錯，還能證明一個夢想即將起飛的時刻。

可就在我東張西望時，有個人跳了進來，水花濺得很大，逼得我側身還摀住臉，卻覺得水還是不斷的往我臉上潑。

「哇！是我！」

「啊！」

雙手突然被拿開，眼前就出現一張放大的臉孔，嚇得我往後彈了一下，卻忘記自己身後就是一面牆。「痛……」

「啊哈，對不起喔。」是映軒，他站在我面前，右手還拉著我的左手浸在水裡，左手卻在我的後腦杓溫柔的輕撫，臉上是歉意的笑容。

「沒、沒關係！」想到我們現在這樣曖昧的姿勢，我臉一熱，微微往旁邊移了個位子。

「你也要補時數嗎？」他蹲到我旁邊，左手臂跟我的右手臂輕輕貼著，我們的距離好近好近。

「嗯，兩個小時。」也就兩堂課沒下水，代價就是要一次下水這麼久。我本來想拉開一

點距離，可是能跟映軒這樣接觸的時間並不多，我捨不得結束這樣輕輕的甜蜜。

「上次愉賢來補的時候，你怎麼不順便？」

「你上次來補考的時候，怎麼也不順便把時數補一補？」

我反問，他笑了，看起來有些傻氣。

「好問題……」他朝著我，笑得連眼睛都瞇起來了，臉上的水珠映著燈光，好閃亮。

「那天我特別餓，想快點吃飯。」

說到那天，我後來回家路上聽愉賢在我耳邊抱怨，說李映軒根本就是在蹭飯，她沒邀他一起吃飯，更沒要請他，雖然最後還是映軒付他自己的。

「你還說呢，那天愉賢氣死了。」我笑著，轉身撐起身體，伸長了手想要拿池邊的浮板。可是手都還沒勾到，身體就先被壓回水裡，抬眼，卻看見映軒剛好閃開的眼神。

「你待在水裡就好，別讓肩膀以上露出水面，會冷的。」他一邊說著，一邊起身拿場邊的浮板。

收到他這樣微弱的關心，我也跟著笑了。前幾天我感冒他記得，好感動。

「拿去。」

接過他手上的浮板，我把雙手放在浮板上交叉，下巴靠在上面，這樣其實很舒服。「謝謝。」

我希望不是我的錯覺，映軒的臉好像紅了。「不會。」

接著是一大段的靜默，沒有人先開口，只是呆呆的望著前方不遠處游泳隊練習，然後陷入無止境的思考，我和映軒、樹先生與小樹，這樣場景一定不同，氣氛一定也是和樂融融的樣子。

「映軒……」

「奕微！」

我愣了一下，轉過頭看見他也同樣侷促。

「我有話……」

「我想問你……」

同時有話要說，這算是一種默契嗎？

「你先說吧。」我沒有想很多，就只是純粹的讓他先說。

「我是想問你……為什麼也想養小樹了？」話題突然回到了幾天前的推特，我卻從來沒想過這個問題的答案，竟然會有要告訴他的一天。

答案很肯定，卻沒有勇氣就這麼告訴他。可是我卻深深吸了一口氣，我是多麼期待能夠說出我對他的情感，即使答案是他，而激動的我卻還是逞強著佯裝雲淡風輕。

「因為喜歡啊！因為我愛他！」

我說出來了，卻鴕鳥的選擇了完全不存在的第三人稱。

「是喔。」他看起來有些失落，可是淡淡得讓人覺得很沉重。

那個「他」都是你啊，映軒……

18 過去與未來，喜歡你的日子

5月30日，下午1點14分。

我覺得我遇到瓶頸了。小說毫無靈感，劇情進到白熱化之後，那種緊湊而崩潰的情緒，根本寫不出來，怎麼寫都沒有想要的感覺，更文時間不斷的往後延。

誰都好，快來綁架我！我很想這麼喊，可是感覺跟笨蛋一樣。

跑到鋼琴前面坐著，手指在琴鍵上胡亂發洩一番，卻只是讓思緒徒增渾沌。

要說什麼好呢？我昨天怎麼就那麼糊塗，怎麼就這樣告訴他了呢？雖然沒有明說，但是他會不會察覺啊？愛，這個字怎麼可以那麼容易說出口呢？都沒經過大腦啊，沒想過後果！

何況，是在他面前……程奕微，你那時候一定是瘋了！

手指用力拍了一下琴鍵，我站了起來，跑回房間抓了手機就直接縮在床上，看我昨天晚上沒敢看的推特。

「我最幸福的事，擁有小樹的日子。」附圖，是映軒一臉滿足的趴在書桌上，雙手圈住小樹，陽光從窗邊照進來，好像一幅畫一樣。

下面的回覆雖然還是各種吐槽映軒，可是他好像很開心的附和。

某：「樹可以活超久，李映軒你就永遠跟你的小樹談戀愛吧。」

映軒：「我也這麼打算……」

瞬間，我好像被人從後面巴了一掌一樣。明明鬆了一口氣，因為他沒有察覺我昨天胡言亂語的真相，可是卻因為他臉上的幸福而感到失落……喂，這是什麼感覺啊？只是因為他的小樹不是我嗎？

輕點輸入框，我緩慢的打著：「愛上你不是一定，愛你卻絕對一定。」

我想做他的小樹，好想……

＊　＊

同日，下午4點47分。

跟同學約好了要去找他姐姐討論事情，來到了我不熟悉的車站。我早到了，在等同學的時間，我在車站裡胡晃著，順便吹免費的冷氣。走著走著，我發現走道邊的牆上竟然是這條新捷運路線的建造史，從定案、核准到完工，從走道的一端，延著長長的走道，寫出一條歷史軌跡。

其實我沒有很仔細的看，大多是看著上面寫著的年份。走道的盡頭寫著二〇〇八，之後就是一大片的空白。從幾十年的籌劃、建造直到正式通車，從過去的起起伏伏走到未來，他們在那之後留了空白，像是要寫上更多驕傲似的。

那，我的愛情呢？

從二〇一二年的夏天，一路平平淡淡到今天，到底留下了什麼過去的痕跡？有沒有愛他的證據？或者我能在未來寫些什麼？

愛上他，是不是從上輩子就牽好了緣，至於是否有緣有分，難道還要再過幾年的籌劃嗎？之後預測自己能在哪個時候告白，或者乾脆永遠埋在心裡？

有人修行千年換來有緣，那……是否可以讓我再用千年來換一聲愛我？這樣也許下輩子，你摟著另外一個人與我擦肩，你幸福，我亦無憾。

映軒呀，我不求永遠，只求餘生，這樣很貪心嗎？

我就好像現在一樣，站在這份年表的盡頭，面對未知的空白。拿起手機把這份歷史年表拍了下來，上傳推特。「過去喜歡你的日子，未來喜歡你的日子。」

本來沒打算刷新的，可是手指比腦筋還要快，等我反應過來的時候，頁面已經是重整過的了。

「你好像很愛他？」這是映軒對我稍早推文的回覆。

我沒有回，也沒敢回……

*　　*

同日，晚上9點43分。

空忙了一整天，小說的進度還是那樣，儘管絞盡腦汁寫了，緩慢無比的進度比起早上多了兩千多字，算好了吧？這幾天下來最大的成就。

但最大的問題還是情緒，角色的情緒每個都不一樣，太難拿捏，我真的還太弱。

「愉賢啊，我們之間的曖昧，好像不是這樣的。」

一打開推特就看見宇澤哥的推文，附上一張圖，是在捷運上，透明隔板的兩邊，一個是背靠著隔板站著的男孩，一個是隔板旁邊座位上坐著的女孩，兩人手上都拿著一朵玫瑰，女孩低著頭，男孩側著臉卻不敢正視她。

不知道為什麼，我就是對這張圖特別有感覺。感情濃豔鮮紅，卻被玻璃隔著若有似無……儘管我不知道映軒怎麼想，可是至少我自己，能夠被勾起十足的共鳴。

「澤啊，可是某些人的是這樣啊。」這是愉賢在底下的回覆。

我笑著，知道她在說我，在回覆框上標記他，打了幾個字：「我怎麼有種被迫對號入座的感覺？」

「你是！你應該對號入座！」這是LINE，突然從螢幕上單調的白紙黑字跳出來一個對話框，還真的嚇到我。

「如果有一天我壓制不住感情，說出來了怎麼辦？」這幾天開始有這個徵象了，越來越想告訴他，再也不是像以前一樣，甘願遠遠的看著他。

「那就說出來啊！」

「可是暗戀好像就應該是那種完整的、永遠埋在心裡……」我不敢想像當我哪一天忍不住告了白，映軒會怎麼看我？我們還會不會是朋友？

「可是暗戀也可以變成相愛！如果不行，那我跟宇澤算什麼？」

「那是你跟宇澤哥清楚彼此的感情，但我不知道映軒的啊，我不知道我講出來之後能不能成為幸福，還是只能成為一輩子的傷痛……」

或者，遺憾。

「即使是那樣，那也會是一個回憶和意味著青春的場景。」

「突然覺得好怕……」我把雙腳蜷縮起來，下巴擱在膝蓋上面。

「怕什麼？」

「怕……怕他討厭我……」怕，最後連朋友都做不成。

「你想太多了。」

我想太多？

「如果真的怕，你就仔細觀察他，看他會不會對這樣的事情反感啊。」

我一直沒有回愉賢，不是我故意的，而是我正在認真的思考她的話。

「你自己好好想想吧。」

說出來之後，會比較好嗎？

19 I guess I need you

5月31日，早上7點50分。

Every time I see you in my dreams
I see your face, it's haunting me
I guess I need you……

耳機裡的音樂從搭上捷運開始就一直是這首歌，現在已經在學校了，我還是不想換。這個時間並沒有什麼人走在路上，我站在往餐廳的地下道入口，停下腳步。地下道的燈沒有開，從上面順著樓梯旋轉的弧度往下看，就像盾入時光黑洞，誰也不知道漆黑之後有沒有光明。

我慢慢走了下去，像是走進一個叫做愛情的深淵，在伸手不見五指的未知中摸索，只能扶著名為暗戀的欄杆，秉持著喜歡他的心情，一步一步尋找出口，可是誰也不知道，當我走到了盡頭，會不會有李映軒。

昨天愉賢說過的話，我真的想了很久……我就像現在這樣吧，又在走道的中間停住，害怕另一頭的門沒有開，這份感情就得永遠藏起來，又怕若是走了出去卻不是他的身影，這份

感情就會變成一輩子的傷痛。

可是我又對這份幸福越來越渴望，就像此刻飢餓的肚子需要熱騰騰的早餐填滿一樣，我這顆空洞的心，需要李映軒。

再次踏出步伐，習慣黑暗的眼睛已經可以辨認方向，我搖了搖頭，笑自己怎麼可以餓到胡思亂想呢？

「喔！奕微！」

穿過了黑暗，餐廳門開著、燈也開著……只是，站在門口的人……「宇、宇澤哥……」不是映軒。

「你來得好早喔！」

「嗯，等下有課。」

這是什麼感覺呢？空落落的……

I guess I need you……映軒……

*　　*

同日，下午1點14分。

文學概論一向是寫文的溫床，卻總是被老師的聲音干擾而無法在這兩個小時內掰出任何一個具有情節的字，這棟大樓的無線網路又一向收訊不良，想要趁機上網也沒有辦法，何況我的筆電被愉賢拿走，他說我總是寫虐文，於是我為了證明我也會寫甜死人不償命的小說，就隨她看去了。

「老師還沒來？」我正打算趴下睡個午覺，旁邊就突然多了個聲音，抬頭，是映軒。

我點頭，看他大大方方的往我旁邊的空位坐下，然後一臉無所謂的打開筆電碼字。我探頭看向窗外，沒看見那個球經……不，是這幾天都沒看到。

我趴在桌上，瀏海擋住了眼睛，視線卻又回到他身上，剛硬的側臉線條順沿而下，專注的眼神卻又是那樣的溫柔，烏黑的髮絲在前額隨意垂下，隱約能夠看到眉毛藏在後面時而皺起、時而放鬆。

「我很好看？」

突然，他轉過頭，雙眼直直的看著我的，卻是帶著笑意。

「我、我是在看你寫的小說……」我心裡一顫，卻硬是逼著自己冷靜，保持原來的姿勢，趴著，然後口是心非。

「你又知道我在寫小說了？」我看著他伸出左手，撥開了我的瀏海。

當然，被他觸碰的那個剎那，我縮了一下，躲開了，但他卻又把手伸來繼續弄我的頭髮，直到我的眼前不再有屏障。「你這樣最好是看得到。」

他笑得燦爛，好像在愚弄我似的……笑得好好看。

我轉過頭向著另外一個方向趴著，再繼續看他的臉，我恐怕只會崩潰而已。

睡意沒了，我拿起手機，翻開下載好的小說，懶散的盯著早已看過不知幾遍的劇情，腦子裡卻還是浮現剛剛映軒的笑顏，還有我瀏海上那樣輕柔的撫弄。

* *

同日，下午2點58分。

也不知道就這樣愣了多久，等到我再被喚回現實時，早就下課了，還是愉賢幫我收好了書包才把我叫醒的。是啊，叫醒，原來我想著映軒，想著想著……就睡著了。

「咦？」我看向旁邊的座位，早就沒人了。

「別看了，他說肚子餓，去買東西吃了。」愉賢伸手隨便撥亂我的頭髮，笑得邪惡……至少在我眼裡是這樣的。

汙染。

「不要弄我頭髮！」我拍掉她的手，背起包包往下一節課的教室走去。

「喲～你頭髮神聖啦？」愉賢跟在我後面，有些戲謔的說著。

不是我頭髮神聖，只是……因為剛才映軒碰過了，我還想留著那一點點餘溫，不想讓人

「喔，對了，剛才有人LINE你。」

「誰啊？」

「你等一下自己看不就好了。」

也是。我聳肩，按下電梯，看著它要下不下、要上不上的樣子。

「我們走樓梯吧。」我轉頭對著愉賢說道。其實我也只是懶得多爬那兩層才會想搭電梯，每次上到最後一堂課，體力總是會有些不足，加上我才剛睡醒。

「奕微！」

我停下腳步，回頭，只見映軒拿著兩杯飲料跑來，好像還有些喘。「拿去，你的果汁。」

「嗯？」果汁？

「你剛才不是跟我說你要喝果汁？」我納悶，他也一臉疑惑的看著我。

「我沒有說啊。」我剛才明明就在睡覺，什麼時候說要喝果汁的？

「蛤？」

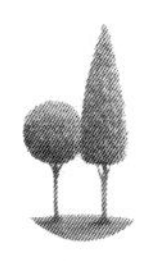

「哇，李映軒，你竟然喝咖啡，不要害我大笑拜託，我現在看到咖啡都超想笑。」發現我沒有上樓的愉賢又走了回來，非常自然的接過映軒手上的果汁，插了吸管就喝了起來。

「喂喂……」映軒看著果汁被拿走，一臉錯愕。

「謝謝啦。」愉賢只留了背影給我們，歡快的消失在樓梯轉角。

叮！電梯到了，我改變主意走了進去，而映軒也跟著。

「……剛剛跟我LINE的人是誰？」他問。

我看向他，腦子還是一片空白。「我剛剛在睡覺……啊！」剛才上課的時候愉賢拿著我的筆電看小說而且我的筆電有裝LINE！

「怎麼了？」

「是愉賢……剛才他拿我筆電玩……」語畢，我很榮幸的看見李映軒先生嘴角抽搐的樣子。

叮！四樓很快就到了，他衝出電梯直接往教室走進去，愉賢早就在裡面了。

「趙愉賢！你耍我！」

「嘿嘿……誰讓你上次使計逼我請你吃飯！」

「都多久了，你還記仇！而且那次我也自己付了！」

「好朋友一場，請一杯飲料有什麼？」

「那明明是因為……」

映軒講到一半，突然不講了，低下頭。

「因為什麼？」愉賢還咬著吸管，饒有興致的看著我。

很奇怪吧，她在跟映軒吵，卻是看著我。

「算了……」映軒轉身，頹然走回自己的位置，然後趴著。

而愉賢也坐了下來，繼續喝飲料。

＊　　＊

同日，晚上8點37分。

我躺在床上，捧著手機看著今天愉賢盜用我的身分跟映軒聊天的內容。

樹先生：「不要生氣啦，我不知道你不喜歡別人碰你的頭髮。」

程奕微：「我才沒有生氣。」

樹先生：「那你轉過來看我一下。」

程奕微：「不要……」

樹先生：「明明就在生氣。」

程奕微：「我是肚子餓了，才不是生氣。」

樹先生：「想吃什麼，我請你。」

程奕微：「嗯……不好吧？」

樹先生：「沒關係的，是你就沒關係。」

程奕微：「那……果汁？」

樹先生：「（笑臉）」

李映軒這笨蛋……這一看就知道不是我會講的話啊，怎麼就相信了呢？可是那句……是你就沒關係……這是代表我在你心裡還是有些特別的吧？

我很想這麼想……可是怎麼可能呢？一定是我多想了。

「呀，今天抱歉啦。」來自：愉賢。

「真不知道該怎麼說你。」我回。

愉賢：「不過李映軒那傢伙相信了啊。」

是啊，他相信了，好像傻子……

我：「（笑臉）以後不要這樣子了。」

愉賢：「可是你有發現嗎？他會因為你在生氣而哄你，因為你想喝果汁而特地去買。」

我：「那是你說的，不是我啊。」

我快被她打敗了，她到底想說什麼？

愉賢：「笨啊，名字是你的啊！」

對喔，名字是我的……「所以呢？」

愉賢：「他今天做的事情，完全是因為你！你你你你你你！」

因為是我的名字，所以就以為是我在跟他說話，因為「我」在生氣而哄我，因為「我」想喝果汁而特地去買？

愉賢：「而且我用的口氣，是我對我們家宇澤說話的口氣……你知道的啊，宇澤都說我說話會有一點任性的感覺。」

我：「你要說什麼？」

愉賢：「既然映軒連這樣都會相信，我想你在跟他相處的時候，偶爾還是可以任性一下的，別老是畏畏縮縮，明明你跟我講話的時候很活潑的啊，遇到李映軒都變膽小鬼了。」

跟映軒相處的時候，可以任性一點？

愉賢：「讓你主動一點，不是讓你很突然的去跟他告白，而是主動跟他變得親近一點……你還在嗎？」

變親近一點？

20 Only you

6月1日，早上7點35分。

我還在公車上，昏昏沉沉，久違的去上星期六的課。

叮叮叮……

我猛地睜開眼睛，拿下耳機，然後划開手機。我正聽著音樂呢，提示音突然響那麼大聲，帶著耳機真吃不消。

愉賢：「呀，李映軒這周末沒回家。」

我知道，只要快要接近大考，映軒就會留在宿舍念書。「嗯……所以呢？」

愉賢：「你吃早餐了嗎？」

我：「還沒啊。」

愉賢：「讓他買給你啊。」

我：「蛤？」

愉賢：「快點啦，我要遲到了，順便讓他也幫我買一份。」

根本……就是因為她自己。「你不會自己跟他說喔？」

愉賢：「你覺得他會幫我買嗎？昨天都那樣了！」

我：「活該。」

罵歸罵，可是義氣我還是有的，我換了頁面，試探性的打了幾個字。「在嗎？」

沒幾秒，手機就開始震動，映軒他……直接打電話來了。

「喂？」

「不是趙愉賢吧？」

「……不是。」他這是一朝被蛇咬，十年怕草繩？

「嘿嘿，奕微，什麼事？」他聽起來心情很好，很有精神的聲音。

「那個……」怎麼辦？如果用打字的，我還能說出來，可是現在是在講電話啊，我要怎麼說幫我買早餐這種話啦？

「嗯？」

「可以……幫我買早餐嗎？」

「啊，你現在還在路上，等下怕要趕課來不及吃？」

好、好聰明。「嗯……」

「OK啊，只要是你就什麼都可以……要是那個趙愉賢……」

只要是你就什麼都可以……嗯？怎麼會有一點覺得開心呢？已經不是第一次這麼說了

啊，映軒……

雖然最後得知是愉賢要我這麼做的，但映軒還是答應幫忙買了，只是我的那一份，他不要我付錢。

結束通話，我打開了推特，看見了我昨天因為早睡而沒看見的推文。圖片還是那棵小樹，枝葉上面有一隻手掌放在上面，那是映軒的手。

「小樹，你的葉子好軟喔。」

我笑了，回他了一個笑臉。

不過也是因為按了回覆才會發現下面的狀況，除了那些笑他是變態的留言之外，還有一個吸引了我的眼睛——是那個球經的回覆。

「對不起，我該早點知道你不喜歡柳樹。」

而，映軒也回她了：「柳樹不是不好，而是枝葉太長，我喜歡短的。」

我不懂，那是什麼意思？

＊　　＊

同日，下午1點46分。

我坐在電腦前面寫作業，正專心盯著螢幕的時候，對話框突然跳了出來。

樹先生：「我想跟你說話。」

他說，他想跟我說話……他想跟我說話、他想跟我說話……

我：「跟我有什麼能說的？」

樹先生：「現在也在說了，沒有什麼不能說的。」

其實等我反應過來的時候，我們已經聊了快一個小時，還真的是什麼都聊了，就只剩下……戀愛話題。我們很有默契的都沒有提起除了我們兩個之外的人，包括那位球經，而映軒也沒有再問我喜歡誰了。

「你的理想型是什麼？」我問。

突然很想知道，在他心目中的完美情人標準中，我能夠達到多少。

「嗯……心地善良、很容易害羞、不用很會運動，但能夠陪著我走出戶外、身高跟我差不多沒關係、頭髮不要太長、眼睛要很漂亮……就差不多這樣吧。」

問了，反而更難受了，映軒喜歡那種運動風的健康女孩，而那位球經就是一個例子。

唉……程奕微你幹嘛自討苦吃？

樹先生：「那你呢？」

我？「我也是身高跟我差不多沒關係……」這時候把他描述出來，他應該也不會知道的吧？「最好是要很會運動，這樣剛好跟我互補。」

「對喔！你是學音樂的！」樹先生後面放了一個驚訝的貼圖。

我：「哈哈……對啊。」

樹先生：「那長相呢？你的理想型。」

我：「不用長得特別好看，只要我喜歡就好了。」本來想打「帥」，但後來刪掉了，我怕他覺得奇怪。

樹先生：「是喔，這樣好模糊喔，怎樣才是你喜歡的長相啊？」

我笑，譬如說……像李映軒這樣的，我就好喜歡啊。「有眼睛、有鼻子、有嘴巴……對了，我希望他是脾氣很好很好的人，然後貼心一點。」

映軒的脾氣是出了名的好，不容易生氣，也很貼心，總是先替人著想……映軒呀，你知道我在說你嗎？我的理想型，只有你啊！

過了很久，他才回我。「是這樣啊……」

「嗯。」

「奕微！我上次有說過有東西要給你吧？」

「嗯。」上次他說改天，結果也拖了滿久。

「星期一拿給你好了，記得提醒我。」

李映軒，你會害我很期待星期一。

「不可以叫別人來提醒我喔，只能是你。」

啊……不是第一次了，從他口中聽到類似「ONLY YOU」這種意思的話，已經不是第一次了。

打開推特，其實我已經有一陣子沒有發推文了，今天突然很想發一段什麼，就只因為……有了那麼一點小發現。

「again and again……you say just "ONLY YOU"~I hope I will be that ONE in your life……or dreams.」

（一次又一次……你說只有「ONLY YOU」~我希望我會是那唯一，在你的生命裡……或者夢裡。）

雖然是這樣想，但我知道……他有了他的小樹，小樹是他的專屬，而我只能那樣夢想著，卻永遠也……

不會是那個「唯一」。

21 喜歡的原因

6月2日，下午2點35分。

昨天我發的推文被炸開了——被文法揪正團炸開了，大家都在糾正我的文法……可是天知道我根本就不在意文法對不對，只要表達的意思有人懂就好。

「既然這麼多人吐槽你的英文，那我就都不多說了。」這是愉賢說的，她更過分，她轉發！讓這個爛文法被更多人看見！

不知道映軒有沒有看到……結論是，他好像沒有注意到這則推文，但他自己卻發了文。時間推算是早上的時候發的，只是一張小樹最正常的照片，沒有小配件，也沒有出現映軒的身影。

「只能是你。」

只能是你、只能是你、能是你、是你、你……

為什麼偏偏在我發了那則推文之後，你當眾鞏固了小樹在你內心的那個唯一的位置，讓那個位置變得更加特別呢？為什麼偏偏在我想要做些什麼朝你靠近一點的時候，你又無形的把我推開了點？

就算無法成為你的唯一，我還想在你心裡霸占一點位置，希望你的心裡會有一個小角落只屬於程奕微……可是你的心，裡面裝的只能是你的小樹……只能是小樹……

「小微姐姐！姐姐！」一隻小手突然出現抓住我還握著滑鼠的手，然後趁我還沒完全反應過來就爬上我的大腿。「燦燦要玩電腦！」

「燦啊，你怎麼會在這裡？」燦燦是我的小表弟，很頑皮，可是也很黏我。

「你阿姨有重要的事情要去辦，先把他放這了，拜託你陪他一下喔。」媽媽的聲音在門口，代替燦燦回答我的問題。

「喔，好……。」我探頭看著燦燦一臉興奮的坐在我腿上，兩隻小手在我電腦的鍵盤上亂摸，不時發出笑聲。「燦燦想玩什麼？」

「樹……樹！」

「嗯？」

那小子指著螢幕上我剛剛停留的畫面，那棵小樹的照片吸引了他的注意。

「燦燦畫樹！小樹！」他很開心的指著那棵樹，然後催著我打開小畫家讓他玩。

「燦燦喜歡小樹嗎？」將推特的畫面縮小，好讓燦燦對照著畫，但說實在他大概還是照自己的想法去畫，小手也不夠大到能握住滑鼠，畫出來的小樹看起來嚴重歪曲，但燦燦好像很滿意自己的作品。

「小樹可愛！燦燦很帥！」

這小子……這麼小就會自我誇耀了嗎？「是燦燦比較好看，還是姐姐比較好看？」我打趣著問他，想知道他會說出什麼奇妙的答案。

「姐姐是大野狼！」

蛤？「燦燦，姐姐問你是誰比較好看耶，跟大野狼沒關係！」

「燦燦帥！」小朋友繼續做他的大畫家，可是嘴上也沒閒著。「姐姐是大野狼！」

「為什麼姐姐是大野狼？那燦燦是小紅帽嗎？」我有些哭笑不得，這小子是不是對大野狼有某種程度上的情有獨鍾？

「不是，我是大野狼！」

哈哈，這下又換他自己是大野狼了。我搖了搖頭，把注意力改放到他畫的小樹上面。

「小樹畫好了嗎？」

「還沒，小樹的臉還沒畫！」他堅持著，兩眼專注的盯著螢幕。

這個年紀的孩子看的任何東西都還是擬人化的，所以會想幫小樹加上五官……但是為什麼要看我？剛才他把原本畫的眼睛擦掉了，小臉轉過來看著我。

「燦燦怎麼了？」

「畫姐姐的眼睛！姐姐的眼睛漂亮！」小朋友湊近我的臉，很專心的看了一下，又扭動

著身子轉回去替他的小樹畫眼睛。「我喜歡……眼睛很漂亮的……。」

眼睛漂亮，是映軒的理想型。如果按照燦燦的說法，我是不是也算是他的理想型之一呢？呵呵……光是這樣想就好開心……。

「燦燦，既然姐姐的眼睛漂亮，那是燦燦好看還是姐姐好看？」

「大野狼，你好煩耶。」

哇！我被一個小孩子罵很煩……這小孩到底是去哪裡學這些奇怪的詞？而且為什麼我一直是大野狼？

眼看著他畫的小樹慢慢的完成，雖然到最後被他搞得連眼睛都看不出來是眼睛，但大體來講還是知道這是一棵樹。

「好了！」燦燦放開了滑鼠，很開心的摸著螢幕。「燦燦的小樹有漂亮的眼睛！」

「燦啊，是姐姐的眼睛漂亮還是燦燦的眼睛漂亮？」我覺得我對這類問題問上癮了，這小孩給出來的答案都不會是正常人會想到的。

「燦燦！」

好吧，雖然這次的答案可預知，但這小孩就是在稱讚別人之後，還是堅持自己是最好的那個，他這麼小就有這種自信，反倒是我沒辦法做到的啊。

他的小手還在螢幕上，小臉笑得滿足。

「燦燦喜歡小樹嗎？」

「喜歡！」

「為什麼啊？」

「因為小樹有漂亮的眼睛！」

因為小樹有漂亮的眼睛，所以喜歡小樹。

我笑了，覺得這樣單純喜歡的理由真的很可愛。「燦燦，姐姐把燦燦的小樹給很多人看好不好？」

「好！」小朋友用力點點頭，極其安分的看著我把他的小樹存檔之後上傳。

「小表弟說：他喜歡小樹，因為小樹有漂亮的眼睛。」

那映軒……你喜歡小樹，是為什麼呢？

* *

同日，晚上10點24分。

剛洗完澡，坐在電腦前胡亂逛著推特。下午的推文，大家都把注意力放在小表弟身上了，問我他幾歲、畫畫好可愛之類的……大部分的留言是這樣子的。

頁面刷新，我的提示卻閃了，點開，發現是映軒。

「我的小樹也有漂亮的眼睛！」

所以……你喜歡你的小樹，是因為那個「她」有一雙漂亮的眼睛嗎？

22 小樹，是我嗎

6月3日，中午12點21分。

今天很難得的去吃了午餐，平常星期一是不吃的。也許因為是約了人，也許是早餐因為趕車也沒吃，終究是會餓的，而且是很餓很餓。

跟朋友三個人走在人潮洶湧的街上，兩側全是賣吃的，卻始終不知道要吃什麼，只知道晃呀晃，晃不出頭緒。遠遠的，我看見映軒剛從轉角轉進，迎面向我走來，一臉凝重。我可以確定他沒有看見我，可是我卻下意識的伸出手拍拍朋友的肩，然後指著旁邊的一家餐廳，說想吃泡飯。

我不知道自己是怎麼了，明明從早上就一直期待跟他見面的，竟然卻在這時候退縮了。

進了餐廳，我看了眼熙攘的外頭，他正好經過，依舊是那樣沉重的若有所思。

收回視線，甩掉思緒，我將注意力放在朋友身上，可是談笑間，還是會不小心分心在他身上。

他為什麼那樣愁眉苦臉？為什麼……看起來不開心？

「喂，你的泡飯來了。」朋友用手肘推了推我，把我叫回現實世界。

「喔。」

我盯著那碗泡飯，不知道為什麼眼皮一直在跳，左邊跳一跳換右邊，右邊跳完了換左邊……呀，這讓我無法分辨是喜事還是災禍啊……。

昨天他回我推特的那句「我的小樹也有漂亮的眼睛」……老實說，我很在意，不得不承認是因為燦燦說我的眼睛漂亮……唉呀，這種話不能自己說……。

「你在發什麼呆呀，又傻笑……。」

「啊？沒有啊。」

「我說下次一定要帶你衝一次……哎你又沒在聽！」

「什麼？」

「沒事，吃飯……」

映軒呀，我也有漂亮的眼睛，可以看看我嗎？

＊　＊

同日，下午4點13分。

體育課，打完了幾十分鐘的籃球，全身是汗。

「奕微，來喝水。」愉賢拿著我的水瓶走到場邊，拍了拍她身旁的位置。

我很渴，卻還站在原地，因為……映軒就在那旁邊不遠處而已，就是愉賢要我坐的位子再過去一點點而已。剛才映軒並沒有下場，只是捧著手機在場邊玩，但臉色看起來不太好。

愉賢見我還愣著，轉頭看了看映軒，瞬間了然。「呀，你心裡有鬼嗎？過來坐啦！」

聞言，我看了看其他人，想著不能被他們發現，假裝坦蕩蕩的走了過去，拿了水瓶就坐了下來。「誰心裡有鬼啊？你少亂說。」

「誰問誰就有，何況鬼就在你旁邊，唉額……」愉賢很大方的就直接把我的水拿去喝了……喂，我是主人我都還沒喝！

我知道她在說誰，可是趙愉賢這傢伙可不可以不要用這麼大的音量說？映軒都聽到了吧……

「你們在講什麼鬼故事？」另一個同學聽見我們的對話，跟著湊了過來，坐到我的另一

邊，一臉興致。

「哪有……」

「在說程奕微心裡住著一個～鬼～還死不承認！呀，痛啊程奕微！」

我才正要反駁，趙愉賢就又在那嘻嘻哈哈，被捏腿活該。「他才不是鬼！」

「誰？」被旁邊湊熱鬧的同學這麼一問，我才知道我說錯了話。

側過臉瞄向映軒，發現他也正在看著我，立刻轉過頭，想要瞪愉賢，讓她別繼續鬧，可是不知道為什麼，當我轉過去的時候，卻是看到愉賢一臉的擔心。

「你幹嘛這樣看我？」我也冷靜了下來，卻整個背過身子不敢看映軒。

愉賢的視線越過我，我想她是在看映軒，然後又回到我身上。「真不曉得你在想什麼，我們鬧歸鬧，也不至於讓你把這種奇怪的話講出來吧？」

我怎麼知道……「映軒他聽到了吧？」

「肯定聽到了啊。」

「怎麼辦？」

愉賢輕輕嘆了一口氣，好像不打算理我的樣子，拿起手機。「澤啊，今天我們晚餐吃小火鍋吧……嗯，等等去找你……奕微？算了吧，她有約了……先這樣，好啦，最愛你了。」

我看著她掛了電話，覺得很奇怪。「喂，我晚上哪有約？」

「你晚上有社團吧？」

「嗯。」所以我才需要吃晚餐啊！

「李映軒有說今天要拿什麼給你吧？」

「嗯……可是，他又沒有說要一起吃飯。」

到現在都還沒給，我又不能強要他給我。

「呀，李映軒！」愉賢突然朝我背後大叫，叫的人還是他……愉賢要幹嘛啦！

我的右手抓住左手的手指，左手手指扣著右手的，很緊張卻又私心的不想阻止愉賢……因為我知道她大概想做什麼了。

「我晚上要跟宇澤出去，奕微這小呆瓜就交給你了，她晚上要上社團，你盯著她吃飯。」

話音一落，我好不容易提起勇氣轉過頭去看映軒，視線卻沒辦法停留多久，又往他旁邊飄。

「嗯，好啊……」他竟然答應了！「我本來就有這個打算……謝啦，愉賢。」

本來？本來就想約我吃飯嗎？

我看著他，連我自己都能想像到自己的表情有多驚訝。

「程奕微，你表情管理很差耶。」愉賢的聲音幽幽的從身後傳來，我立刻低下頭拿起自

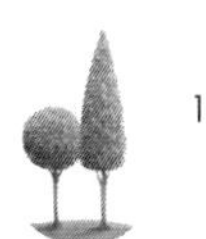

己的包包，正好老師喊了下課。

「唷～看你急的。」

「閉嘴！」

「不打擾啦，我去找我親愛的。」

「趙愉賢！」

我看著愉賢的背影歡快的消失在球場中，無奈隨著一種陌生的緊張爬上心頭……呀，程奕微，又不是第一次一起吃飯，都是同學啊，你在緊張什麼？

緊張……當然會緊張啊，他是你最喜歡的李映軒耶，緊張是正常的。

「奕微，走吧。」映軒拍了拍我的肩。

「好……」

* *

同日，下午5點05分。

我們不在學校裡，而是外面的小吃店裡吃。

他點了一碗酸辣湯面，我的則是海鮮燴飯……海鮮燴飯還是他替我點的，他說這家店的

海鮮很好吃。

「你不是對海鮮過敏嗎？」

「你喜歡吃海鮮對吧？」他不是回答我，而是反問我。

「嗯。」

「上次跟朋友來的時候，朋友告訴我的。」

朋友……是那個球經吧，你的小樹……。

我低著頭，卻聽見他的笑聲，下一秒，就有個溫柔的觸感在我的頭頂上——他摸了摸我的頭，弄亂我的頭髮，然後又替我撫順。

「不是別人，是直屬學長啦。」

我微微笑了笑。他為什麼要跟我解釋呢？「喔……呵呵。」

其實接下來我們並沒有說什麼話，他甚至沒有問我剛剛體育課的事，就只是美味的晚餐配上沉默，一口一口的塞進嘴裡，偶爾對上眼，笑笑，依舊沒有話題。

「你社團幾點開始？」

這是已經吃過飯後，在走回學校的路上，我們走得很慢，就像上禮拜從球場裡偷跑買飲料那次一樣。

「六點半。」我沒敢看他，呆呆的盯著前方，卻可以感受到他偶爾觸碰到我的手臂時那

樣暖和的溫度。

「還有很久，我們在這坐會兒吧。」他自己先坐在一旁的階梯上，然後看著我。

我也跟著坐在他旁邊，卻不敢靠太近。

這裡是風口，整間學校風最大的地方，可是卻是學校裡最寬敞的地方，看得到遠遠的山頭，還有學校裡在晚上才會開的景觀燈，讓植物們看起來別有一番風味。

要不是知道這是學校，我總有錯覺，我們是在約會。

他一直沒有說話，而我也不知道要說什麼，沉默就從我們的呼吸中再次吐了出來，被風吹散。

「會冷嗎？」就在我以為他可能只想安靜的坐著時，他卻說話了。

我搖搖頭，一笑。「不會啊，我很喜歡吹風。」

其實風是有點冷，可是我想一直這樣坐在他旁邊，有他在，就算冷也不算是冷了。

「不冷就好，我怕你感冒又加重。」

他知道？我感冒一直沒有好……。

我轉頭看他，卻看到他從口袋裡掏著什麼東西，沒多久，他的手心在我眼前攤開，那是一個籃球吊飾，是好久以前，我在他推特裡看到的那個。

「這個……送你。」

我不解，卻接了過來，可是也是這時才發現，這不只是個籃球吊飾，那是香水。

香水……？「為什麼送我香水？」

我看著他，他卻把視線轉移了。

不會是因為我很臭吧……？剛剛體育課打球，全身都是汗味啊。

「就……只是想送你。」他把頭轉了回來，眼睛對上我的，我移不開，好像被綁住似的，只能陷入他的雙眼，看著他眼神好像流露出什麼，滿滿的，卻猜不透。

許久，是他先移開了眼睛，站起身。「時間差不多了，你該進去了吧。」

我拿出手機看了看時間……過得好快，現在都已經有點超過時間了。「嗯。」

「那你先進去吧，我看著你進去。」

我點點頭，把書包背了起來，向前走了幾步，轉頭。「映軒。」

「嗯？」他似乎沒想到我會轉回去，笑了，笑得好好看。

「這個……謝謝。」我拿起那顆小籃球在風中搖了搖，也回給他一個笑容。

「嗯，快進去吧。」

我朝他揮揮手，然後轉身跑進大樓。我知道他還看著我，至少在我進了大樓以後回頭，他還站在那裡，黃色的景觀燈在他後方，陰影在他臉上，我看不清楚他的表情。

可是知道有個人看著自己的背影，那感覺……好幸福。

＊　＊

同日，晚上11點57分。

結束社團，我現在才剛到家門口，剛脫掉一隻鞋子，剛開口說了一聲「我回來了」。

「你今天比較晚喔。」

「今天社上送舊，玩得太瘋，整理就花了點時間。」媽媽這麼晚了還在等門，看著她疲累的表情，我有些愧疚。

「快去洗澡，早點睡吧。」媽媽打著哈欠，往自己的臥室走去。

「媽晚安。」

「小微晚安。」

我走回房間，一關門就直接先往床上撲，翻了個身把那顆小籃球拿出來看了看，想了想又起身，打開電腦，開了推特。

他的推文，是在跟我分開不久時發的，照片是那棵小樹，旁邊放著跟我一模一樣的小籃球……我記得，當初在他的照片裡看到這個小籃球時，是兩顆一起掛在小樹上。

「只是想要跟你有一樣的味道。」

人家都說味道是最能記住一個人的……啊……

我的心裡好像意識到什麼，可是我不敢肯定，翻出他前幾天跟球經的對話……我不知道我為什麼會想找這段對話，關於柳樹的。

小樹是一個人，那柳樹也是指一個人。映軒說，柳樹不是不好，只是他喜歡不太長的……長的！我記得球經的頭髮是很長的，而我……

我翻回他今天的推文，盯著那個照片。難道……

小樹……是我嗎？

23 不求永遠

6月4日，早上7點37分。

即使早到了學校，卻沒敢去買早餐，我怕在早餐店遇到他。

昨天我把所有收藏的推文都翻出來看，小樹的每一張照片，還有他對小樹的每一句話、每一個關心，甚至有些曖昧不清的話，好像……全部都是對著我啊。

好開心，可是也不知道怎麼辦。知道了反而不知道怎麼面對他，昨天我連推特都不敢更新了啊。我喜歡的人也喜歡我，這種事情是怎麼發生的啊？

映軒喜歡我耶……怎麼辦啊啊啊啊……。

「程奕微你中邪嗎？」愉賢剛走進教室，就直接拿英文課本砸我的頭。

「沒有……嘻嘻嘻……」我趴著看了眼愉賢，然後不可抑制的笑著。真的是無法控制，就笑了出來。

「你今天不太正常啊。」她坐了下來，伸手在我眼前揮了揮，被我準確的抓住。我咬住唇，想盡辦法不讓自己笑，可是……「咳咳咳……」

忍得太辛苦，被口水嗆到了。

「你到底怎麼了啊？」愉賢拍著我的背替我順氣。「……等一下，程奕微，你換沐浴乳了？」

「什麼？」我沒反應過來，卻看見愉賢的臉一點一點的朝我靠近。

「李映軒也太色了吧，竟然送你沐浴乳，是想跟你一起洗澡嗎？」

「不是啦！」

等我終於把事情完整的告訴愉賢，那傢伙卻是一臉賊笑。

「怎麼辦？」

「還能怎麼辦？告白啊！」

啊？告白！

「程奕微你要不要那麼驚恐？」愉賢咬著筆，眼睛從手機上轉到我臉上。「不告白的話，你們兩個是要什麼時候才在一起？」

「可是……」這麼突然要怎麼告白？搞不好映軒只是一時衝動……不是啊，怎麼可能是一時衝動？那些推文怎麼解釋？

程奕微，那是你喜歡李映軒多久，李映軒就喜歡你多久的證據！

「奕微，你還好吧？你臉超紅的。」

我撫上臉，熱熱的，乾脆直接趴著摀著，這樣沒人看。

「我拜託你有點勇氣好嗎？幸福就在你前面！」愉賢的聲音在耳邊，像是在給我力量一樣。「老師來了，別趴了。」

他說得對，我是必須有點勇氣……不是有點，是需要好多好多。

映軒呀，我該怎麼告訴你，我喜歡你呢？

＊　＊

同日，中午12點19分。

一早上光想映軒就夠了，連中餐也省了，不想吃。

現在外面下著大雷雨，我躲到系圖窩著，抱著筆電蜷在沙發裡，把昨晚他的推文看了又看，怎麼看怎麼喜歡，明明應該有些冷的天氣，我卻感到悶熱。已經有好幾個進來的學長姐問我是不是生病之類的話了，我沒有生病，我只是被李映軒喜歡著，太幸福了而已。

叮咚！

LINE的小對話框突然跑出來，我的注意力被吸去，卻在發現名字是映軒的時，差一點把電腦給翻了。

樹先生：「你在哪？」

我：「系圖。」

樹先生：「還好……」

我：「嗯？」

樹先生：「沒事，想到你感冒，昨天又讓你吹了風，今天下大雨，怕你淋濕了又著涼。」

我：「我下了課沒出去，一直在系圖裡。」

打字是打得很順，但其實這句話如果要用說的就會變成這樣：我下、下了課就……沒出去，一直……在、在系圖裡……。

他在擔心我……

樹先生：「沒出去？你吃飯了嗎？」

我：「嗯……不想吃。」

樹先生：「你不是早餐也沒吃嗎？怎麼中午又不吃了？」

連我早餐沒吃他也知道？可是……其實後來我有去便利店買早餐了。「早餐有吃啊。」

我打了幾個字發出，卻在幾秒後發現在那句話前面多了個驚嘆號，我再打，還是出現驚嘆號。喔不……這是發不出去的警示，學校網路又斷了嗎？

我試了幾次，發現訊號真的很不穩，索性放棄。

好討厭，本來還想一直這麼跟他聊天，結果……唉。外面的雨越下越大，連我帶著耳機都聽得到滂沱的雨聲，有一種從天上灑石頭下來的感覺，我突然有點慶幸自己一直待在室內。

隨著午休時間慢慢的消逝，系圖也漸漸的只剩下我一個人，抱著接收不到網路的電腦，乖乖的碼字。

「呼……你還真的在這裡。」

聽見一個用力開門的聲音，我抬頭，看見幾乎半濕的映軒站在門口，放下雨傘，頭髮也

有些濕，顯然外面的雨大到撐傘也沒什麼用。

「拿去吧，午餐。」他走到我前面，將一碗熱湯麵放在桌上，然後看著我。

他是特地幫我買午餐嗎？

「還愣著幹嘛？別玩電腦了，起來！」他把我的電腦拿到桌上放好，又把我拉了起來坐在桌邊，替我將湯面打開，又弄開了免洗筷。

我看著他一連串的動作，又看著他一臉要盯著我吃完的坐在我旁邊，拿起筷子，低頭躲過他的眼神。「謝謝……」

我終於知道昨天他的眼神裡滿滿的都是什麼了。

「要吃完喔。」他站了起來，往沙發上一坐。

「嗯。」我點頭，看著他拿起我的外套。

「我想睡一下，外套借我蓋著。」他這是告知，不是詢問，才剛說完就直接躺下了。

完了，我的臉一定又紅了，熱熱的。

轉過頭，我不再看他將臉埋在我外套裡的樣子，繼續喝湯。

明明只是抱著外套，為什麼我會覺得好像整個人都被他抱著？

「……好香喔……」

映軒，怎麼辦……我好像想要的更多了，好想就這樣一直在你身邊……可以的吧？

電腦就在我旁邊，正好發現網路重新接上，我打開了推特，發文。

「不求永遠，只求餘生。」附圖，窗外霧霧的雨景。

24 我的餘生，就是生命剩下的永遠

6月5日，早上10點47分。

今天沒課，我還賴在床上。其實我早就醒了，只是拿著手機看看小說，看看喜歡的作者有沒有更新，或者看看……推特。

昨天我的推文底下，回覆炸裂，各式各樣的猜想與玩笑充斥，但……映軒沒有回我。倒是愉賢回的，她後面還放了好幾個陰險的表情符號，看得人發毛。

「喂，你跟李映軒約好發差不多的嗎？你們兩個怪怪的啊！」一個同學的回覆吸引了我的眼睛。

不是吧……早就有人察覺了嗎？我明明隱藏得好好的啊。可是他們說映軒的推文……

我換了頁面，找到映軒的，卻瞬間愣住。小樹在窗邊，逆光的照片，有些刺眼，卻唯美。

「如果小樹會活到一百歲，它的餘生，還有五分之四。」

餘生還剩五分之四，也就是我的餘生大部分，都可以跟你在一起嗎？這是什麼感覺啊？為什麼暖暖的、甜甜的，卻又有些難過？如果我早點發現就好了……映軒你看，我又貪心了，明明不求永遠的，我卻希望我的餘生可以剩得更多。

推文下面的回覆我稍微看了一下，卻又被映軒的回答弄得不知道如何是好。

同學：「呀，樹活一百歲會不會太短命？樹可以活好幾千年的！」

映軒：「也是吼，所以我還可以跟我的小樹在一起好久好久。」

同學：「真看不出來你是植物愛好者，不過你的小樹被你養著可能會對外界比較沒有抵抗力吧？」

映軒：「我不是愛植物，是只愛我的小樹！對外界沒抵抗力沒關係啊，我寵著。」

同學：「你講的真的小樹嗎？（懷疑）」

映軒：「嗯，是小樹啊！（微笑）」

我還可以跟我的小樹在一起好久……我只愛我的小樹……對外界沒抵抗力沒關係，我寵著、我寵著、寵著、寵……

我坐了起來，靠著床頭抱住膝蓋。要是以前，我一定會誤會他在說別人，更早以前，我一定會以為他真的只是在說樹，覺得好可愛之類的……可是現在，我知道他在說……我……

怎麼辦啊，手心裡癢癢的，不敢回他啊！映軒是不是也不敢回我，所以另外發一個？可是他又不知道我喜歡他，還是他自己察覺了？

不知道為什麼，我想起昨天，他那樣不顧一切幫我買午餐的樣子……如果他早就察覺了，那我不就像笨蛋一樣，一直誤會他？

＊　＊

同日，晚上10點24分。

距離早上，已經過了差不多十二個小時，可是我竟然一直想著他，好想好想。看書想他、練琴想他、寫作業想他、掃地想他、洗衣服想他、睡午覺也想他，做什麼都想他，就因為他那句話好像下了什麼咒語，讓我滿腦子都是他……

是不是只要我開口，我們就可以在一起？是不是只要我勇敢一點，就能抓到幸福？是不是……像你說的，你會寵著我、愛著我，我的餘生都會有你？

打開推特，我上傳一張照片，是告白日之前跟媽媽一起去逛夜市的照片，只是我用繪圖工具，在我鞋子旁邊的空白處，多畫了一雙鞋子。

「我的餘生，就是生命剩下的永遠。」

25 道別就是一種結束

6月6日，早上7點整。

鈴鈴……鈴鈴……

鈴聲似乎響了很久，我不記得我在這個時候設了鬧鐘，抓了床頭的手機划開螢幕，半瞬著眼睛連看也沒看就湊到耳邊。「喂？」

「小睡豬，你果然還在睡。」

我想我一定是還在夢裡，不然怎麼可能聽得見映軒的聲音。

「起床啊，程奕微，我是映軒啊。」

「嗯，映軒……」嗯？映軒！我直接睜開眼睛爬起來，轉頭划開已經暗下來的螢幕，「李映軒」三個大字就在我眼前，瞌睡蟲跑了，乾乾淨淨、徹徹底底。「映軒？」

「你剛醒？」他的問題藏著笑意，透過話筒用最近的距離敲打著我的耳膜，彷彿又唱起了搖籃曲，無法躲避那猶如晨光的溫柔。

「嗯……」我翻身又躺回去，耳側靠在枕頭上壓著手機，閉眼想像著他坐在床邊輕聲地喚我起床。

「以後我當你的morning call吧。」

如果這是我的夢，夢再甜都不能讓現實跟著美好，而現實的美好卻能讓夢更甜。

「好……謝謝。」

「你永遠不用對我說謝謝。」

耳邊傳來這句話，我睜開眼，反覆咀嚼著每一個字的含意。就算是家人，該感謝的時候還是得感謝的，不說謝謝的關係，到底有多親近？

「嗯，謝……啊，對不起。」

「哈哈，你真的好可愛。」

我抓緊了棉被，兩眼直盯著窗外。怎麼辦？手心癢癢的，心也癢癢的，可愛這種詞，為什麼從他嘴裡說出來會這麼讓人心動？

「快點起來，小睡豬，去吃早餐吧，我也餓了。」他的語氣中依舊帶著笑意，我看不見他，卻能想像得到他的笑容一定甜甜的。

我聽出了結語，捨不得結束又忍不住期待著明天的早晨。「那……掰掰？」嘴上道了別，卻不想先掛斷，他沒有說話，我數著他的呼吸聲，數著自己想像中他對自己的不捨。

「奕微，我們以後不要說再見之類的話好不好？」我不懂他的意思，可是他口氣聽起來很認真。

不道別的話，要怎麼結束通話呢？不道別的話，要怎麼結束呢……不道別就不會結束啊，程奕微你這笨蛋，怎麼現在才想到？

映軒，我們是不用說謝謝的關係，也是不能說再見的關係……是這樣，對吧？

* *

同日，中午11點18分。

媽媽早上沒有上班，我就在客廳裡陪她說話，聽了很多她跟爸爸的羅曼史，好笑的、不捨的、痛苦的……我從來沒有想過爸媽也談過戀愛，只知道他們結婚，然後生下我。

「奕微呀，你該交個男朋友了吧？」媽媽喝了一口咖啡，講得很平淡。

嗤，沒談過戀愛，還會有你嗎？程奕微……你今天腦子不靈光啊。

「媽……你不是說不能早戀的嗎？」現在又改變想法是怎麼回事？

她嘆了口氣。「我說過，你要找個願意待你好、會照顧你的男孩，我才會同意你可以談戀愛。」

「媽，你怎麼不說是我去照顧人家？」她是我媽吧？為什麼就這麼認定她女兒不會照顧別人家兒子？

「就憑你？算了吧……」她笑著。

其實我那句話講得很心虛，就像現在，也幾乎是映軒處處替我著想，好像我才是孩子一樣的照顧我，而我，什麼也沒為他做。

「早上跟誰講電話？」

「嗯？同、同學啊。」我看著媽媽銳利的雙眼，下意識避開，拿起桌上的飲料。

「男的女的？」

「男……女、男的。」

我結巴，但媽媽好像聽得很高興，站起來伸了個懶腰，留給我一個逆光的背影。「我們奕微戀愛了啊……」

我不否認，但媽媽的觀察力真的很敏銳，下次做壞事好像要小心一點了……咦？壞事？

「我要上班了，好好看家！」媽媽拿起包包，就要出門。

等媽媽真的出了門，我才回到房間，打開電腦，百般聊賴的翻著習慣翻的網站，逛逛東西，想著等一下再來寫作業。

當然，少不了推特。

我昨天的推文跟前天發的，被炸開的方式差不多，不是懷疑我戀愛了，就是確定我戀愛了，還有……懷疑我跟映軒有內情的，甚至有確定我跟映軒有內情的……那群八卦女。

不過他們都不重要，就算映軒這次也沒有回我，但他發的推文，卻是在跟我說的。

我竟然現在才知道，另一個人用推文來跟自己說話，那是一件多麼微妙卻幸福的事情，好像是兩個人共同的秘密一般，別人猜不透，就只有自己整顆心甜甜的、暖暖的。

「道別就是一種結束，我們不是能說再見的關係，再見往往永遠不見，對吧？小樹。」附圖，他小拇指勾住小樹的樹枝，好像拉勾約定一樣。

我在他的回覆下面按開，先忽略同學們說他戀樹的留言，還有他回覆他們說自己就是戀樹的回應。我打了一個笑臉，Enter。

「你是回籠覺剛醒，還是有乖乖的起床？」

LINE的視窗跳了出來，映軒還弄了一個好欠打的貼圖給我。

我：「我有乖乖起床。」

樹先生：「那就好，早起的鳥兒有蟲吃。」

我：「我不是鳥，我不喜歡吃蟲，而且現在中午了。」

樹先生：「哈哈，對喔，你不是鳥，只是身上有蟲……」

如果他是在說我這棵小樹身上蛀蟲的話，真的……很過分。不過，那是在暗示我是小樹嗎？嘻嘻，李映軒，程奕微不笨了。

我：「喔，那就是你的錯啦。」

樹先生：「對，我的錯，沒有給你藥吃，不過有機最健康。」

吼，我好像說不過他……他的腦筋怎麼可以轉得這麼快？

我：「映軒。」

樹先生：「嗯？」

我：「算了，沒事……」

我看得出來，其實都是他在照顧小樹，也是他一直在照顧我，那些我不知道他喜歡我的日子裡，很多事情都是他在我後面好好的護著，而我卻只是一味的誤會他。

當然，那些都是愉賢後來才跟我說的。我問她為什麼明明知道真相，卻不告訴我，她只是笑著回答：「曖昧很美，這得好好享受才行。」

可是她明明知道，我曾經因為誤會，而讓自己愛得很累。但，對於現在的映軒，我是不是該為他做什麼啊？

鈴鈴……鈴鈴……

等我回過神，才發現是電話鈴聲將我換回現實的，拿起手機看著螢幕上映軒的名字，我接了起來。

「映軒……」

「你幹嘛說一半就不說了？」

「就，真的沒什麼啊。」

他頓了頓。「真的嗎？」

他的反問不是不相信，而是擔心，這個我知道。咬住唇，我還在猶豫要不要告訴他，我在想的事情。「映、映軒。」

「嗯？」

「你有沒有……特別想要我做的事？」

「怎麼……突然這樣想？」

「嗯……算了，所以我才說沒什麼的，沒事。」

「如果我說有呢？」

有……？

「不過那件事也是我很想做的，雖然也會想像你對我做那件事情，但我覺得，還是我做吧，你只要乖乖的別搖頭就好了。」

什麼啊……？

26 被佔據了的掌心

6月7日，早上6點22分。

我早就出門了，現在正在月台上等車。

映軒還沒打來……我握著手機，好期待鈴聲響。

今天要考歷史，昨晚我也沒什麼念書，根本沒辦法把心放在書上……光想著映軒就夠了，想著要怎麼提起勇氣告訴他我的感情，明明知道映軒對我也一樣，可是為什麼就是沒有辦法勇敢？在他面前，我充其量就只能是一棵小樹，被呵護著、照料著。

我想告訴他，好想好想，卻膽怯了，沒有把握這樣的方法可行……明明，幸福就在眼前了，而我猶猶豫豫。

鈴鈴……想著想著，手機就響了。

我划開螢幕，興奮的心跳倏地回歸冷靜。「喂？愉賢。」

「今天是不是要考歷史？」

「對啊。」

「啊～～～死定了……」

嘟嘟嘟……

蛤？我有些錯愕的盯著暗下來的螢幕，滿腦子的莫名其妙。甩甩頭，我覺得我應該習慣她這樣的無厘頭，雖然她不常這樣，但至少不是第一次。

車來了，門開。我走進車廂，找了個空位坐了下來，低頭盯著手機，無聊的划上划下，螢幕時黑時亮，卻再也沒有動靜。

他會不會是忘記了？要當我的morning call……承諾才執行一天，第二天就打破。心裡有點空空的、不舒服……他還在睡嗎？那換我打給他？

從電話簿裡找到他的號碼，手指卻在撥號鍵上停了下來。這樣打給他會不會太突然？

……不管了！

姆指點了下撥號鍵，耳機裡傳來清脆的鋼琴旋律，音質不是很好，似乎是現場錄的……好像在哪聽過。

這是我第一次打給他，之前有他的號碼都只是純欣賞，心態上的只可遠觀不可褻玩焉。他在曲子播放第二次的時候接了起來。

「喂？映軒，你……」

「我就知道你會打來。」

「咦？」這是什麼意思？

「你在等我電話吧？」

「呃……嗯。」

他在那一頭笑了起來。「對不起啦，我故意不打的，想知道你會不會打來。」

這樣是要幹嘛？「我以為你還在睡。」

「沒有啊，我在吃早餐了。」他的聲音聽起來很有精神，一點也不像剛睡醒。「我早上吃火腿蛋餅，你吃了嗎？」

「還沒，等等到學校再買。」其實我很想知道他為什麼要特意等我打電話給他，但他一轉移話題，我就被牽著鼻子走了。

「那我幫你買好了，想吃什麼？」

想吃什麼……「跟你一樣好了。」

他又笑了，聲音有點神祕兮兮。「嗯，跟我一樣。」

我真的搞不懂今天的他，心情好像很好，只是講話有一點東敲西打的，我抓不到重點。

「你今天中午有空嗎？」一陣靜默後，他開口。

說是靜默，但也不過是幾秒鐘，我們都沒說話。「嗯……。」

「我有東西給你，我們一起吃飯吧。」

又有東西給我？可是為什麼不早上給？「喔，好啊。」

「大樹下見喔。」他笑著。「好了，小睡豬，在車上可以補眠的，晚安。」

說完，他就掛了電話。

大樹，是我們第一次見面的那棵大樹嗎？

*　*

同日，中午11點42分。

我提早下課，站在樹蔭下等他。

喔，對了，今天是畢業典禮，路上到處都是穿著學士服的畢業生，在正午炙熱的陽光下，綻出大學生涯最後的笑容，在小小的鏡頭裡定格時間。

「學妹，可以幫我們拍張照嗎？」有個男孩走到我面前，遞給我一台相機，他身後還站著一個女孩。

我笑著接過相機。「好。」

「一、二、三……好囉。」我數著，在按下快門的那一刻，我在螢幕裡，看見男孩親了女孩的臉頰，女孩笑得開心。

「謝謝！」

看著他們離去的背影，我突然想到昨天晚上在推特上看見的兩個截然不同的PO文。第一個是在講昨晚有人站在女宿樓下大喊：×××我喜歡你，請你跟我在一起！

據說兩個人都是大四生，正逢畢業前夕，他們坦然面對自己的愛情，向整個夜晚吶喊自己的幸福。

第二個是同學講述他的外國朋友，在畢業後要離開這裡回到母國，所以跟自己的男朋友分了手，說從此不再相見。

聽說她的態度淡然，而且決絕。

曾經的美好記憶會變成用來度過這四年的工具，等到以後想起的時候，難道能夠笑著說那四年自己是如何的打發時間？如果畢業等於所有關係的離散，愛情到底算什麼？映軒會不會也是這種人呢？畢業了，就不再理我了……告訴我這些都只是遊戲，不要太認真。

我不要……

*　*

同日，中午12點09分。

下課鐘響後九分鐘，下一節上課鐘響前一分鐘。

還沒見到映軒。雖然我願意等，但……想快點見到他的迫不及待，變成了無比的焦躁，加上空氣的悶熱，我抬手朝臉上搧風，卻搧不去整顆心的急切。

右肩被人拍了拍，我皺了下眉沒有馬上轉頭，想到應該是他，可是他常常拍了一邊的肩膀，其實人在另外一邊。這樣想著，我轉向左邊，卻不見任何人影，立刻轉回右邊……依然沒有人。

「在這裡。」

「哇！」

因為聲音而吸引我轉頭，下一秒嚇得後退一大步，剛才他就在我眼前，不到十五公分的距離，笑著。「我剛才一直在你後面蹲著。」

我還沒問，他自己招了，還伸手弄亂我的頭髮。「小笨蛋……等很久了嗎？」

我看著他，雖然有些無奈，但卻因為他調皮的出現方式而笑了出來。「沒有，我也才剛到。」到了……快半個小時。可是他出現了，等多久都沒關係。

他沒有馬上說話，只是盯著我看了一會兒，然後才開口。「對不起喔，剛剛老師晚放人了。」

我知道他可能不想讓我等，可是有什麼辦法，我早下了課，而他晚了些才被解放。

「走吧，我餓了……」我搖搖頭，先走在前面。

我也不知道要吃什麼，只是漫無目的的走著，走著走著，就走出了學校。

「這裡好多人……」我們走到外面的小街道，看著一波又一波的人潮。平常這裡就夠多人覓食了，今天又有畢業典禮，學生加上外賓……走路都有點困難。「我們去外面？」

「外面？大馬路那裡？」我看著他，他也看著我，沒過一會兒，我點了頭。「都好。」

「想吃什麼？」

「我每次到最外面都只吃麥當勞耶。」

「那就吃麥當勞吧，有超值午餐。」

「嗯。」

走出去至少要十分鐘，一路上我們沒說什麼話，偶爾搭個一兩句，立刻又回歸安靜。只是……

我的左半邊，一直斷斷續續的有一些顫慄，不是我故意，當我每次帶著驚訝看向他時，都只見到他別過臉看向別處，耳根子紅得徹底。結果到後來漸漸的，我也覺得我的臉燙燙的。

絕對不是因為天氣熱的原因。

他……他的手背碰了我的手背一共八次，在僅僅十分鐘的路程裡。剛開始我以為他是不小心的，但後來發現不是。

李映軒，心臟在左邊啊，你會害我悸動而死。

＊　＊

同日，中午12點18分。

終於到了麥當勞，涼爽的空調散去了一路上堆積的熱氣，排隊的人不少，他要我跟他分開排隊，看哪邊比較快。可是我這一條人很多，不一會兒，就看見他站在另一隊人龍裡，揮手讓我過去，這時他前面只剩下兩個人。

點了餐，由於我們只有一個小時的休息時間，沒有在裡面吃，反而提了個袋子又往學校走。他提著袋子，我知道有些沉，也說了我拿，但他就是死不給我。

依舊，我們也沒說話，也許是熱，也許是一種默契，也許……是在這種情況下，誰也不想用任何言語破壞現在的狀態。

他又開始碰我的手背了，我轉頭看他，他看著前方，比剛剛還要淡定，甚至還有一點若有所思，可是耳朵……還是紅的。

我覺得我應該也差不了多少。

碰手背這種事，在行走之間或許根本不算什麼，但，身邊的這個人，是自己喜歡的人，

而自己也知道他對自己的感覺……這讓人怎麼不緊張？

慢慢的，我可以感覺到他的小指勾住了我的小指，最後……占據了我的掌心。我的手不小，但他的卻可以包住我的。

我停了下來，看著他。

他回頭，眼神卻越過我。「怎、怎麼了？」

果然，說話絕對更尷尬。「沒事……」

牽手，男生與女生，在我們學校常常看到，當然也不會有人阻止、議論，這個時代很開放，這是令我感到安慰的地方。

我們又走回了那棵大樹下，坐在旁邊的白色小牆上分食。誰都沒有急著先吃，只是咬著吸管喝著可樂，盯著從眼前晃過的三兩人群，還是一語不發。

我兩手抓著冰涼的杯子，將飲料放在腿上。「映軒。」

「嗯？」他的聲音悶悶的傳來，我知道他還咬著吸管。

「你不是有東西要給我？」轉頭，我才看見他腿上放著一本筆記本，而他的右手，緊緊的抓著，表情好像在思考什麼，又像在做什麼掙扎。

「吶。」不久，他將筆記本遞給我。「回去再看，明天你下課後，我再打電話給你。」

我看著那本筆記本，點點頭。「這個是……？」該不會他跟我想的一樣……

「先別問，回家看過就知道了。」他站了起來，把我們還沒吃的東西都放回袋子裡，然後也把我拉了起來，卻沒有繼續牽著。「走吧，回教室吃吧，這裡好熱。」

「嗯。」

他的眼睛依舊沒有看我，走在我的前面，給我一個寬闊的背影。

27 我曾經在生命轉彎的地方等你

6月8日，（這是奕微的日記，我是李映軒。）

奕微呀，對不起了，看完你的日記，我真的確定你是想要我在這裡寫些什麼。

其實昨晚整理書包的時候，我真的很訝異你跟我做了一樣的事情，我沒有想到你也會把你的日記給我看，於是我一點書也沒有溫習，一個晚上就只閱讀了你的愛。

是愛的，對吧？

原來那些我以為的浪漫，都變成了傷害你的利刃……對不起，是我太膽小，才會不敢明明白白的告訴你，其實，我的小樹就是你。

是你呀，程奕微！

不過我想，那些曾經的利刃，大概成了治療你的良藥吧。這樣講似乎挺不要臉，可是我知道，那些是我對你的心，而你懂了，所以才會給我這本日記。

我都不知道你什麼時候把日記丟進我書包的，還是偷偷問了愉賢才知道是在上文學概論的時候他替你放的。你知道你這樣超可愛的嗎？好喜歡啊……好想摸摸那時候調皮的你，摸摸你的頭，看你躲著我的樣子，想到上次，我真的一直忘不了。

其實我也很難想像現在手上這一整本日記全寫著你的心意，畢竟你在我面前從來沒有過明顯的表示，可我懂了，那只是個性使然。我以為你對我的冷淡，原來你只是害羞，原來你只是吃醋、只是難過、自卑……你只是需要我，而我現在才知道。我怎麼那麼傻呢？怎麼都猜不出來你的心呢？為什麼都只看表面啊？我好笨，對吧？

而你為什麼會喜歡我這個笨笨的樹先生？為什麼明明被我傷害了，卻還是喜歡我呢？

你也傻傻的呢，可是……謝謝你的傻。

我曾經在這棵大樹下徘徊，好希望它是一棵許願樹，讓我的小樹愛上我，可是每次抬頭，卻都只會想到你而忘了許願。可是我的願望實現了，現在我在大樹下寫著這本日記，是不是應該感謝它一下？感謝它讓我遇見你、認識你、愛上你，也謝謝它讓你遇見我、認識我、愛上我。

你知道嗎？我剛好在學校的詩牆上找到了一句詩，不知道為什麼就是想到了大樹、想到了你。

「我曾經在生命轉彎的地方等你。」

這裡是我生命轉彎的地方，那天我坐在樹上，大概就是大樹要我在那裡等你的吧？過去一年的猜測和兜轉，現在想起來還真的就像宇澤哥說的曖昧，雖然很痛苦，忐忐忑忑，卻也很享受。也許是因為怎麼樣也沒辦法放下這份感情，所以我們才能夠堅持到現在，才會想要從一個人變成兩個人，想要從「我」，變成「我們」。

我想過好幾次我們在一起後要做哪些情侶間會做的事，可是現在想想，其實簡簡單單、互相扶持也就好了，做什麼都沒關係，只要你在我身邊，就算只是發呆也不會無聊吧。

在一起之後，我們會膩在一起、會吵架，搞不好還會打架，可是奕微，我們就算吵架了、鬧彆扭了也不要離開對方，好嗎？

真是的，我怎麼想到這裡了……你會答應我的吧？會跟我在一起的吧？會出現在我面前的吧？

怎麼辦？曾經的奢望變成了希望，怎麼光是想像就好開心呢？奕微，你也是一樣的心情嗎？你會不會跟我一樣，也一直盯著時間，恨不得快點聽到鐘聲呢？

好想你喔，真的，很想很想……想快點見到你，奕微呀。

還有三分鐘，傳完了簡訊給你，我還該寫些什麼呢？腦子裡都只有你而已啊，想說的，早就忘了……

剩下三十秒，奕微呀……我的手在抖呢，字都歪歪的……

鐘聲響了，我在等你打來。

手機響了，而我按照計畫的沒有馬上接起。

奕微，你知道嗎？你誤會的那個手機答鈴，其實就是你彈的啊，你忘了嗎？上學期，班上排演舞台劇的時候，你在後面練琴啊！你忘了嗎？我就在鋼琴旁邊做道具啊……

「你知道讓我生命轉彎的地方，在哪裡嗎？」按下通話鍵，遠遠地，我看見你站在詩牆前面。

「不知道。」

「你不知道？那為什麼我看見你了呢？」

耳邊是你的聲音，我看著你慢慢的走過來，臉上……是笑著的吧？

「因為你站在我生命轉彎的地方，等我。」

現在，你在我面前，我的眼睛，全部都是你，只能看見你了。

我聽見你說，這裡也是你生命轉彎的地方。

忽地，我想到了，剛剛我忘了寫了什麼，翻開你的日記，提筆在你畫的紅心和問號之後。

Yes, I do. 我願意當程小樹永遠的樹先生。

* *

笨蛋映軒，我問的是你愛不愛我，不是願不願意嫁給我……

BOY's diary

1 尋找她，是一種習慣

5月12日，晚上10點15分。

原本在寫作業的我，抬頭看了看窗外，那些整天從未停止的雨絲。

很多人說雨天的時候最適合思念，結果因為這句話，有多少人在雨中望天空思？敢問今天這樣的傾盆大雨，還有情調嗎？

所以……還是小樹最好了，我只需要想著小樹，跟雨無關。

視線移到小陽台上的小樹，今天因為下雨而特意把它放在外面，但放了一整天，水分吸收得差不多了吧。

我走出陽台，彎腰平視小樹。「小樹，今天喝飽了沒？好多水，對吧？」我抓著它的一片小葉子，從口袋拿出手機，想跟小樹來張合影。於是將小樹搬進房間原來的位子，我打開電腦，在推特上傳照片。

「今天雨下得好大，我的小樹有沒有喝飽？」

今天雨下得好大，希望你不要淋雨了才好。

PO了文，我並沒有期望她會回覆我，畢竟我們只是同學，偶爾說說話的同學。但我還

是很習慣的在這一條條亂七八糟的心情狀態裡，尋找她的身影。

習慣……在這世上的混濁空氣中，尋找唯獨她有的清新。

提示燈在閃……其實它已經閃了有一段時間，可我也不知道為什麼，我會選擇在這個時候打開它，我也不知道為什麼我會這麼剛好的，直接看到最新的那個回覆。

笑臉，一個笑臉，但……名字是她的，大頭貼也是她的，燦爛的笑顏。

她回了？我揉了揉眼睛，那個可愛的笑臉，還在那裡、原處、沒有消失，不是我看錯？

「Yes!」我跳了起來，往床上一撲，轉了幾圈又爬回電腦前。我還沒收藏她今天的推文……重新整理了頁面，翻了一下，還是沒有看到她的推文，不甘心，再刷一次……

「Rainy Day……Like it ^^」附上一張有好多雨滴在窗戶上的照片。

這算是在回覆我的一種嗎？是嗎？

我愣了一下，直盯著這簡單的一行字，卻沒辦法看出什麼多的情緒。

不管了……

「Me, too.」我在鍵盤上打著，發出。

回頭，我看著放在窗邊的小樹，收不住臉上的笑容。可以吧？當作是你在跟我說話？

*　*

她是程奕微，我的小樹。

從升上大學開始，從跟她同班開始，從她的自我介紹開始，從……我知道她是程奕微開始，就一直好喜歡她。

而我，我是李映軒，今年19歲，大學一年級，夢想……當小樹的樹先生。

2 想著她，就不會累

5月13日，早上8點47分。

今天是我第一天上班，在早餐店……在奕微最常光顧的早餐店。

記得面試的時候，我跟老板長篇大論自己的打工理由，但我沒說，其實最主要的理由，只是要跟奕微來一場巧遇……不對啊，都已經是故意的了，還是巧遇嗎？不管，我說是巧遇就是巧遇。我只是想在奕微最喜歡的早餐店裡，看著她排隊、點餐，然後親手做早餐給她吃。

只是這樣。

抬眼看鐘，現在這個時間，她應該還在來學校的路上吧……雖然知道她常常會來買早餐，尤其是星期一，也就是像今天這樣，但我卻不能確定她是不是在家先吃過了，還是沿路就先買了，或者……快遲到了就選擇不吃？

「哎，新來的，動作啊！」老板在外面大喊，我立刻反應。

「喔！」接過外場拿來的點單，我再次投入工作。

熱氣衝天，不，是悶在廚房裡。我想我大概又做了快一個小時吧，也不知道是弄了多少份的早餐，但除了熱，累是還好，何況我期待著……小樹的出現。

「裡面的，一份雞排堡餐。」外場的前輩遞給我一張點單，我例行公事的將單子黏上貼牆，正要轉身準備的時候，我看見了，她……剛付完錢走到旁邊。

不是誰，就是程奕微。

「呀，剛點什麼……雞排堡餐。」一個前輩看了眼我剛貼上的點單，拿起食材就要動手。

「啊，這一份我來吧。」我攔住他，將食材拿到自己手上。

「你可以嗎？」前輩狐疑的看著我。

我點頭。這份早餐，絕對不可以讓別人來做，絕對！

好不容易弄完了，我看外頭沒多少人，就自己親自將早餐拿了出去。「雞排堡餐好了。」

我壓低帽簷，緩緩的走出去。製造巧遇，我還是記得的。

她接過，似乎沒有認出我，於是我裝出驚訝的樣子。「奕微？」

果然，她轉過頭，看到我之後有些愣愣的，好可愛。

我拿起帽子又放下，其實只是想讓她看見我的新髮型。「現在才吃早餐啊？」

「呃……嗯。」

她微微點頭，好像有反應過來，又好像還沒清醒的樣子，好可愛，看到這樣的她，我真的沒有辦法不笑，真的太可愛了，嘴角無法克制的上揚啊。

「吃飽一點啊，我先忙，下次見。」

「好……」

我朝她揮揮手，然後看著她轉身跑掉……大概快遲到了吧，跑這麼快。

等再也看不到她的影子，我將手放下，捂在左胸上，用力的吐氣……呼，怎麼辦？心跳好快，都快跳出來了。

* *

同日，下午3點39分。

因為雨天而改變了上體育課的地點，我們在桌球室，意外的有了兩個小時不必吹風淋雨

的時間。我抓了一個同學走到奕微和愉賢附近的球桌邊，開始一場貌似激烈的廝殺，事實上卻只是耍帥兼觀察美女的伎倆。

奕微她似乎打得很開心，有時候愉賢彎腰撿個球，她指著她大笑；有時候她揮了空拍，兩個人趴在球桌上笑得不能自已……但說實在的，她桌球打得還不錯，該有的技巧和速度都有，不過大笑好像讓她的力氣流失了不少，我看見她前額的髮絲因為流汗而有點黏在額邊，臉頰也有點溼黏的樣子，紅著雙頰，微喘著氣。

微溼的頭髮、潮紅的臉頰、喘氣的小嘴……呀，李映軒，你在想什麼啦！

「球啊，李映軒，球在你那裡，撿一下。」

回神，我才發現我對面的同學正對著我大喊，低頭，沒看見球，向後轉才看見……「抱歉啊。」

「你有心事嗎？打球都不專心，在看哪裡啊……」那同學轉頭看著我剛剛看的方向。「呀，那裡又沒有正妹，只有程奕微和趙愉賢……她們是長得蠻清秀啦。」

「喂，看球！」聽見他的話，我發了個快速球過去，彈跳的高度有點高，他轉過來的時候正好打到他的臉。「喔喔，對不起，我不是故意的。」

我是誠心誠意的，誰讓你的眼睛欣賞我的奕微。

「沒關係，繼續。」

「來！」

奕微長得太漂亮，一定得小心蒼蠅，喔不對，要小心螞蟻……差點讓她當了大便，怎麼可以呢？她可是小樹。

＊　＊

同日，下午4點45分。

剛結束體育課，我走到體育館外。外面的雨不大，只能算是溼溼的空氣分子形成了一種雨霧的錯覺，沒有必要撐傘，我就直接讓雨氣滋潤我。

想著晚一點還要練球，我得抓緊時間去吃晚餐才行。才這樣想著，便看見奕微走在我前面。她朝著系館走去，卻不是上樓，而是往底下走……她要去餐廳嗎？我跟在她後面，一時玩心大起，我悄悄的走到她身後，拍拍她的肩，然後蹲了下去。「嘿，你也來吃飯嗎？」

看著她向右轉，我站了起來，在她的左邊等她轉過來，想嚇嚇她。「在這裡啦。」她轉了過來，卻嚇得後退一大步……其實我也嚇了一跳，剛剛我們的臉離得太近，近得只要稍微動一下都會親到她……。

剛剛我怎麼沒有先計算好距離呢？應該要親到的……不是，是應該要遠一點才對。

「我有這麼可怕嗎？」我努力的保持鎮定，努力的扺出笑容，卻緊張得只能藉著甩頭髮來閃躲她的眼神。

「沒有。」她搖著頭，眼神卻有些驚慌……我還是太嚇到她了吧？

「你頭髮上的水珠是雨水還是汗水啊？」我看她戴著帽子，前面露出的瀏海比剛才看到的還要溼，她這樣會著涼的吧？「反正你不馬上擦乾的話，是會感冒的。」

「沒關係啦，等等就乾了……不是很溼。」

真是的，今天忘了帶毛巾出來，平常都會帶的說……「還是小心一點啦，感冒就不好了。」別感冒了，我會心疼的。

她沉默了，不知道是在想什麼，可是我不想讓話題斷掉。「你桌球打得不錯。」

我也不知道為什麼我會講這個，但我發現她看向我的時候，我立刻別開了眼，在琳琅滿目的食物招牌上胡亂飄移。

「謝謝。」

「哪一天我們打一場吧，一定很有趣。」

「嗯，應該吧。」

希望下一次體育課也是打桌球啊……我想跟奕微一起。「什麼應該！是一定。」

如果不是桌球課，那至少我會想跟她一起運動，我知道的，她也很喜歡打球，即使身為

一個女生，卻沒有弱不禁風的形象。

「一定……。」她這是答應我了吧？是吧？是吧？

我看著餐廳裡的招牌，現在才想到應該找東西吃。「奕微，你晚餐想吃什麼？」

「鐵板麵。」她指著轉角的那家小店，我看了一會兒，決定跟她吃一樣的。

「對喔，我都忘了那家……那家的麵超好吃的。」我伸手拉住她的手，她的手……沒有我的粗糙，也沒有女孩子的柔軟，就只是一雙普通的手，可是，好溫暖。

我心想著，她應該不會在意的吧？同學跟同學這樣偶然的接觸其實完全無所謂的吧？她應該不會覺得奇怪的吧？

「大嬸，兩份鐵板麵。」我不敢給她反應的時間，雖然是猜她不會在意，但……還是會怕，怕她覺得這樣突然牽手很彆扭。

我接過她那份的錢，還在想晚餐是要外帶還是內用……啊！對吼，今天要練球……真是的，每次遇到奕微就什麼都忘了，滿腦子只有她。「奕微，我等一下要去練球，沒辦法一起吃了。」

「嗯，我等等要去社團。」她的聲音軟軟的、冷冷的，好像真的不在意的樣子。如果真的不在意的話，那這樣呢？

「原來……你也有事啊。」我將找回的錢放在她的手心上，然後包住她的手，讓零錢躺

在她的手心裡，而我還能握著她的……那個我忍不住一再嘗試的溫暖。

碰到了……卻不敢再看她，該死的，心跳越來越快……

晚上人比較少，兩份鐵板麵煮好的時間也變快了，我接過兩份分裝的麵盒，將其中一份遞給她。「奕微，你的。」

還是……沒辦法看他啊。

「謝謝。」我聽見她的聲音這麼對我說著。

「那我先走囉，社團活動加油！」我往前走了幾步，踏入雨中，深吸一口氣後回頭，朝著她揮手，看見她也對我露出好看的笑容。

這一笑，等等練球不管有多累，我都會神采奕奕的。

想著她，就不會累。

3 好想，再靠近一點

5月14日，早上8點52分。

英文課終於要準備過一半了，好久……好睏。昨天熬夜順了一次下午現代文學的報告，要上台講解的呢，好緊張，好怕講錯話……不過，奕微他們也是今天報告吧？那傢伙昨晚會不會也辛苦準備了呢？

真的好睏……一棵小樹、兩棵小樹、三棵小樹……

我趴在桌上，實在是不知道老師在前面講什麼語言，喔……是英文……four little trees、five little trees、six奕微、sexy 奕微……

不對，奕微在我心裡是很純情的，就像第一次看到的她一樣。那天與其說是熱，說悶會比較確切。我剛結束早上文藝系的面試，待在室內並沒有比較涼爽，我爬到樹上乘涼，看著要面試下一個科系的資料。下一個科系是教育，其實只是抓來湊數的，說是準備，我也只是靠在樹枝上看著備審資料發呆，藉著有些高度看看學校的景色。

嗯，挺好看……不遠處走來的那個女孩，挺好看。

我就那樣看著她低著頭走到樹下，有些浮躁的看著備審資料，偶爾拿起來充當扇子，但

看起來似乎沒甚麼作用，細緻的五官越皺越緊。

「喂，別緊張，教授很親切的。」我發現她的備審似乎是文藝系的，於是開口對她說道，我是這樣說的吧？

她抬起頭，看著我，然後笑了。「嗯，謝謝你。」

我記得那個笑容，淺淺的、淡淡的、甜甜的，好像為悶熱的空氣注入了一點清涼，好像泡在海裡，一點也感受不到太陽曝曬的感覺……好想，多一點感受她身上的涼意，好想，再靠近她一點……

我從樹上跳了下來，在她的面前，盯著她清秀的面容，慢慢的、慢慢的……

「李映軒……李映軒！」

啪！頭上傳來一陣疼痛，我爬了起來看向旁邊的同學，才發現他不在位子上，而是在我前面站著。「幹嘛啦？」

人家正夢到奕微來著……夢到那天初見，還有那些後來只屬於幻想的……吻……

「下課了啦，你要在這裡睡一整天？」

有了同學的好心提醒，我拿出手機看了眼時間，可怕的英文課已經被我睡完了。「喔。」

「你剛剛做什麼夢啊？嘴嘟得半天高，像這樣……」同學嘟著嘴，看起來像是在模仿我

剛才……我剛才哪有這樣！

「你少亂講。」我收了東西就往外走。真是，害我想到剛剛在夢裡……差一點，就親到了。

「你不會是喜歡哪個女生，日有所思、夜有所夢？」日有所思、夜有所夢……是啊，每天都想著她，滿腦子都是她，閉著眼夢到她，睜開眼的視線也只追著她。「也許吧。」

「還真的有？」

我沒有回答，只是笑著，然後往下一節課的教室走去。

我就是很喜歡她，不知道喜歡到什麼程度，只知道……很喜歡、很喜歡。至於那個吻……現實中，真的能夠實現就好了。

* *

同日，下午1點30分。

現代文學，課堂報告待機中。

我們這組是下一節的，我坐在講台邊的角落抱著筆電做最後順稿的動作，一邊分心看看

她在台上試播投影片的樣子，很乖巧、很認真，但也很緊張的樣子。

好像感覺到我在看她，她轉頭過來，一臉緊繃。我完全沒想到她會轉過來，只好用笑容掩飾自己的慌亂。「加油。」

我看著她點點頭，好像聽到了……我沒有講得很大聲，但是離我不到一公尺的她不可能沒聽到，因為我們是這麼近。

他們開始報告了，其實我還蠻佩服他們組長的，應該是個悲傷的愛情故事，讓他講得跟小丑說笑話一樣，還不時丟球給台下觀眾，讓報告變得好有趣。

投影片是奕微做的，這讓我感到很意外，依她的個性不太會去擔起整合的工作，也不會在台上輔助，但她現在就坐在那裡，安安靜靜的播放投影片，熟練的操作滑鼠，好像掌控全場的是她一樣。投影片也做得很好，基本的簡報軟體弄出來也很有質感。

好像……看到了另一個我還不知道的她。

＊　＊

同一節課，下午2點35分。

也許是因為稿子練了太多次，熟悉度已經有了，報告得挺順利。但還是挺緊張，不是因

為站在台上，而是因為，奕微她竟然睜著她那雙大眼睛，一直盯著我看。

雖然知道她是在專心聽報告，可是被她這樣盯著，我感到有些熱啊，我想我的臉頰應該是紅的吧？其他幾組報告也不見她這樣盯著台上的人啊……還是她對我們的主題有興趣？

我們這組的主題是個同性戀小說，她對這個有興趣嗎？還是……

「啊～接吻了，好噁心喔……」

「哈哈哈哈……」

「超討厭的真是……」

我正在播影片，親愛的組員們在旁邊一直瞎起哄，聽起來像是在為這個漫長的報告製造效果，可是總是有一點諷刺的味道，明明是自己的報告，卻盡說那些令人反胃的言語。

我下意識的看向奕微，卻只見到她皺著眉。是不是……也覺得噁心啊？還是她其實是……吼，不要亂想。

影片結束，我打開麥克風，準備要繼續報告，可是他們還在說、還在笑，這讓身為組長的我，感覺有點不舒服。

「喂，你們小聲點，我還要講話。」

大概是還知道適可而止，他們沒有再說話，但笑容還在，很討厭的那種……於是，我在報告的最後，下了一個不應該在這種客觀報告下有的私人觀感。「每個人都有愛與被愛的權

力。」

身為男生，愛上另一個男生，哪裡不對了？我想，即使我愛上的依舊是女生，我也必須要有更多的勇氣，才能繼續愛她。

4 想牽著你

5月15日，早上10點23分。

我睡到現在。

今天星期三，除了下午的班會之外，我樂得清閒一整天。醒了還是因為剛才宇澤哥瘋狂敲我房門，然後大喊著「我五分鐘後來找你」……就又走了。

他剛好像又喊什麼禮物來著？

不管，我還是認命的換了衣服，也洗漱完了。早過了五分鐘，宇澤哥還沒出現，我百般無聊的拿著手機靠在床頭刷推特，尋找昨天沒有找到的「她」。

頁面裡是更新了許多推文，可是沒有一個是她的，她也沒有回覆我。

昨天天氣是真的熱，而她也很努力的完成了報告，所以我發了那則推文，但其實……八竿子打不著。什麼小樹好棒，有努力長大……我只是想要藉此稱讚她的努力，對於一反自己個性的去整合大家的資料，算是一種長大吧？上學期她根本沒這樣做過。

快速瀏覽過下面那些過於激昂的罵論，我只能一笑置之。那些人分明是一天不吐槽我就會不舒服啊。

「還玩手機，走了啦！」門沒鎖，宇澤哥就那樣大大方方的踹了門走進來。

「還不是為了等你，不是你說五分鐘的嗎？」我站了起來，把錢包和手機都塞進口袋裡。

「快啦！來不及了！」

「什麼東西來不及啦？」抓了鑰匙正要鎖門，我看了眼陽台上的小樹。

今天也要乖乖的喔。

＊　＊

同日，下午2點47分。

我覺得我是世界上最無奈的人。

這麼急著把我從被窩裡挖起來，就只是要我幫忙搬謝師宴的樣品，好讓學長們開會選擇？搬來了也不能走，只能百般無聊的坐在角落玩手機打發時間。

這是我坐在系圖的第三個小時又十七分鐘。

外面的主室從午餐時間的嘈雜，到現在應該午睡的時間，早已安靜過了頭，不過剛才好像有人開門進來的聲音……但也許只是來睡午覺的吧？外面可是有沙發的。

窗外的雨絲引起我注意，原來已經開始下雨了，早上出門的時候沒有帶傘，等等去上課得淋雨了。

「學弟，那邊那個拿來！」

某個學長粗獷的聲音傳來，宇澤哥拿了他旁邊的東西遞過去。在場就只有我跟宇澤哥不是大四的，只能盯學長們激烈的討論，插不上嘴也不想插嘴的待著，偶爾被注意到的時候，就只能是被使喚的份。不過他們討論個謝師宴禮品，為什麼要討論這麼久？超沒效率的，而且還越送越廉價，這個也超沒誠意。

搖搖頭，我將推特的頁面刷新，提示燈沒多久就閃了……是奕微！

她回了一張笑臉，跟平常一樣，可是她應該不知道，我為了等她這張笑臉，等了十幾個小時。

一時心情大好，笑容制不住的勾起，卻被宇澤哥用手肘推了一下，眼神示意我別在嚴肅的場合傻笑。我好不容易憋住了上揚的嘴角，我咬住下唇，試圖讓自己冷靜。

手指將頁面返回到首頁，我想既然奕微都回覆我了，那大概也會發文了吧？結果……「來的時候下雨了呢，忘記帶傘好悲劇。」附圖一張，都是雨滴的玻璃窗。

終於等到了，我在轉推上輕按，然後打上幾個字，發出。「我也沒帶傘，有時候淋雨挺浪漫>>」

我等著她回我，或者是說我期待她回我，但這根本是一個毫無把握的機會命運。等一下！這窗外……是系圖的外面？奕微在主室嗎？

我點開回覆，問：「你在系圖？」

過沒多久，她回了：「嗯。」

知道她在外面，我強迫自己收斂激動的情緒，看了看時間便跟學長們說我要去上課（是事實嘛，三點的課，差不多了），然後走出小房間，結果真的看見她的身影，縮在沙發裡抱著電腦。

「奕微！你真的在這裡！」

她抬頭，似乎有些驚訝的看著我。「好、好巧喔……」

「嘻嘻，對呀，你在這裡做什麼？」我假裝大方的坐到她身邊，看著她的電腦畫面，但也只瞄了一下，她就把頁面給關了。「太無聊了，刷推特？」

是不是不喜歡別人看她電腦？還是有什麼不想給我看？

「嗯……等等要上課了，我要關了。」我看著她細心的把電腦放進套子裡，又整齊的把電線捆好收著，但其實，我覺得我的左半邊快要失去知覺……抖得失去知覺，整個左半邊都是熱熱的。

因為身旁的人是她，我甚至能夠感覺到她有時不小心擦到我的手臂，皮膚的溫熱透過衣服傳了過來。不是緊張，是悸動，我知道的。

「對耶，時間差不多了，一起走吧。」我站了起來，順便拉起她。

順便……？李映軒，你根本私心。

我不想被她發現我逐漸紅起來的臉，轉頭就要拉著她一起往外走，卻因為她還站在原地而停了下來。

「哎，等等……外面在下雨呢，先從這裡借把傘去吧。」

聽到這句話，我轉過頭，對上她的眼睛，又忍不住避開。我可以認為你是想跟我共撐一把傘嗎？

「不是說了嗎？有時候淋雨挺浪漫。」

但，比起共撐一把傘，我比較想牽著你……即使只是手腕。

＊　＊

5月16日，晚上11點整。

我把小樹搬進房間，趴在它前面發著呆也有半個小時了吧？

今天星期四，整天沒課，我除了吃飯，其餘時間都帶在房裡碼字，連載小說的壓力可不小，我知道奕微也會在網上連載，所以剛剛半個小時，全是在擔心她。

最近這幾天的天氣一直不穩定，昨天她還被我拉著一起淋了雨，她會不會回家後又熬夜寫文了？有沒有好好休息？最近很容易感冒的……我越想越覺得昨天不應該讓她淋雨的，早知道聽她的話，借一把傘。

我看著小樹，拿起抽屜裡的口罩，掛在它的細枝上，像極了一個人戴口罩的樣子，拿起手機拍下，然後上傳推特。

「小樹，最近忽冷忽熱的，會不會感冒啊？」

推文一發出，爆炸性的回覆就來了，依舊吐槽一片、笑聲一片……我才懶得理，我只等我家小樹回覆我。

過沒多久，我刷新了頁面，剛好看見最新的留言，是她回給我的一張狂笑的臉。她也覺得好笑嗎？算了，她有回我就好了……

返回首頁，我就看見她更新的推文，好像是在回覆我一樣。

「沒課的一天，宅在家裡涼啊！」沒有附圖，但一句簡短的話卻讓我知道了她今天一整天的心情，還猜得出她今天大概一整天都在碼文，然後沒出門。

幸好，她待在家裡，好好的，沒有吹風也沒有淋雨，也沒給太陽曝曬。

收藏了她的推文之後，我按了回覆，打了個表情符號。「=3=」

因為你乖乖的，所以我鬆了一口氣。

5 綁在懷裡，不被傷害

5月17日，凌晨5點59分。

即使不用上班，我還是比我的鬧鐘早起了一分鐘。今天星期五，上課日的最後一天……對我來說。

我側身看著床邊的小樹，看它在黎明的微光下被電扇吹得搖曳，扭著身子，好可愛的模樣。

「早安，我的小樹……」說完之後，我才發現自己是笑著的。

小樹，你看，能讓我一大早醒來心情就特好的，就只有你了。

心念一動，我抱著被子轉了幾圈，翻身下床坐到小樹旁邊，靠著牆，安安靜靜的看著它，似乎一輩子都不會膩。「小樹……昨晚睡得好嗎？」

我扯了扯它細枝上些許枯葉，放在盆栽裡充當肥料。「吹電扇有沒有冷到你？」

小樹還是因為電扇吹出來的風而搖搖擺擺。「今天天氣好像會不錯，你要不要出去曬曬太陽？我中午回來再把你搬進來……你不回答，我要怎麼做呢？」

李映軒，如果你是哈利波特，它就會幫你送信……不行，這麼辛苦的工作怎麼可以讓小樹來做？小樹只要乖乖的待著就好。

「小樹，你知道你每次回應我的時候，不是只給我一個笑容，就是簡單的「嗯」嗎？」

我把頭擱在膝蓋上，雙膝曲著，還裹著棉被。「雖然你的笑容也很好看，可是……我更想聽你用好聽的聲音跟我說說話。」

我抓著它的一片新葉，好像它就會說話一樣，但我也清楚……它只是棵樹，不是真的奕微。

「今天是星期五，你知道嗎？」我把手放下了下來，抱著膝蓋，眼睛卻還是無法從它身上移開。「你星期三、星期四都沒課，我見不到你……明天又是週末，我又要兩天見不到你……」

「我每個禮拜都會特別期待星期五啊……」雖然其他天一起上課的時候也會很期待，可是星期五顯得不一樣。

「今天你可以跟我說話嗎？我們今天一起的課好多呢。」

不要只是「嗯」……我想跟你變得更親近一點啊。

我搖搖頭，又爬回床上躺著，望著天花板，然後再度閉上眼睛……離上課時間還早，再睡一下。

唉，真想有一天也能跟奕微一起並肩聊天，說什麼都好，在她身邊我就滿足了。

* *

同日，早上7點40分。

我在教室裡趴著。

整間教室沒有人，空空的，只有我。昏暗的空間只有一排燈，對我來說這是白晝的小夜燈吧，即使它真的不怎麼暗，但至少可以用些許的瞌睡蟲來壓過肚子裡比這間教室還要空蕩蕩的感覺吧。平常習慣了在上班的時候有免費早餐吃，一沒輪班就沒得吃了，本來想說一餐沒吃不會怎樣，結果其實還蠻餓……

咕咕……咕……聽，肚子又在亂叫了。

瞌睡蟲怎麼還沒來？果然沒有老師念大悲咒，我還是睡不著的……等下！有人嗎？我聽到腳步聲……

那腳步聲很細微，聽得出來有些刻意小心，卻越來越近、越來越近、越來越近，直到坐下，在我前面？我抬頭張開眼，卻發現一個溫柔的側顏，那不是我一早上都在想的……

「嗯？奕微……早啊。」

我故意打了個哈欠，好像是因為她而起來似的。

「早安，吵醒你了嗎？」她拿出早餐，還含著飲料的吸管……可惡，這傢伙一定要在我面前吃東西嗎？

我搖搖頭，眼睛不是故意卻不可控制的盯著她的早餐，吞了下口水。「你好像很喜歡那間店的早餐？」

即使我早就知道她喜歡那家店的早餐，還特地為了她去那打工，但是看到她幾乎都去那家光顧，現在又吃得津津有味的樣子，我真的一點也不想離職啊，想一直為她做早餐。

她笑看著手上的袋子。「嗯，很好吃啊。」

「你吃總匯？」這是總匯三明治才有的特殊氣味，隨便抓什麼東西夾在一起的香味混雜，卻只是更讓人食指大動。

「好厲害，果然是員……」

咕咕……咕咕咕……

啊啊！怎麼在這時候叫啦！還在奕微面前耶，丟臉死了。

我低下頭打了下自己的肚子。「呀，肚子別亂叫！」這大概就是我化解尷尬的方法吧，不過顯得更尷尬。

「噗。」看吧，奕微笑了，如果是因為我有趣的話，那就算了，讓她笑吧，她笑起來最好看了。

「你還沒吃？那我的分一半給你好了。」

我看著她遞給我的另一半三明治，突然有種天使降臨的感覺。「真的嗎？謝謝！」

「不客氣。」她依舊笑著，不是推特上那個好像敷衍或是閱讀後留下痕跡的微笑，而是看著我，因我而笑的感覺。

早上還在小樹旁邊說想跟奕微多點接觸，現在真的成真了！今天這樣，算是意外的驚喜吧。

「綠茶……你也喝一半吧。」她遞上飲料，而正渴的我，沒想很多就接過，一口氣吸了一大口。

「我今天沒輪班，結果就沒早餐吃了，真的謝謝你啊，奕微。」我還咬著吸管，跟她道

謝，其實心裡有些不好意思，這樣大方的吃她的早餐，但她看起來挺開心。

但她現在的表情為什麼這麼驚訝？一直盯著吸管……「怎麼了？我喝太多了嗎？」喔，李映軒，你怎麼好意思喝奕微的飲料喝這麼多？「Sorry!」

可是為什麼我飲料都放她桌上了，她還是那個表情盯著吸管？……等一下！吸管？吸……啊！我、我跟奕、奕微……

＊　＊

同日，晚上9點45分。

好不容易完成了作業，又把該更的文都更了，我才悠悠哉哉的打開推特。

今天我一整天都專心上課沒有用手機，現在才打開來，提示燈都要閃爆了，昨天PO的口罩小樹獲得爆炸性的吐槽，已經是我懶得一個一個回覆的數量了，只選了幾個特別有趣的回嘴，其他的就只是看過然後遺忘。

重新整理了頁面，右手握著滑鼠不斷往下拉，直到我看見她的名字才停了下來，更新時間往前推算大約是早上快七點的時候，但內容……

「在捷運上遇到變態了。」

變態？是哪種變態？

我按開了回覆，全是大家關心的話語，但即使很多人問了，我還是會很想親自問她。

「沒事吧？」

又整理了一次頁面，我的心卻還停在那條推文上。奕微遇到變態，雖然看起來沒什麼事，但我就是沒辦法想像如果……如果她遇到的變態是會把她怎麼樣的……可惡，這種時候我竟然不在她身邊……

我轉頭看了會兒小樹，也不知道自己在氣什麼，站了起來往隔壁房間走。

「哥！」宇澤哥在睡覺前絕對不鎖房門，所以我就直接開了門走進去。「借我一條棉繩！」

「你要棉繩做什麼？」電腦前的他拿下耳機，一臉疑惑的看著我。「有東西壞了？」

「不是，是小樹有危險，所以快點借我棉繩！」我伸出手，看他慢吞吞的站起來往櫃子上翻找，而就是這時我才發現他電腦螢幕上，是個正在動的偷窺……視訊？

「小樹有危險？你家小樹怎麼個危險法？」宇澤哥真的翻出了一條粗粗的白棉繩遞給我。

我拿了棉繩卻只是揮揮手沒回答他就又回房，走到小樹面前，一圈一圈的把它捆住，圈完之後打了個死結，我退了幾步，將這一幕拍下，上傳。

真恨不得就把小樹綁在身邊！

我希望她懂，我想把她綁在懷裡，不讓別人傷害……

PO完了文，沒多久提示燈又閃了。可是這次，我卻先看見了奕微的回覆，是回我剛剛回覆她的，她給我一個笑臉，是在告訴我她沒事嗎？

沒事就好，大笨蛋，你這樣我會更想把你收到我懷裡，讓你只能在我的保護傘中……好好的。

6 請讓我當你的樹先生

5月18日，早上6點24分。

今天星期六，我的回家日。

這時間慢慢走出去搭車，還能順便買個早餐。我拿起行李，站在門口看了一眼還綁著棉繩的小樹，想起奕微昨天在推特回我的那個問號。

她是想問我為什麼這樣對一棵樹，還是其他的……我不知道，當然，我會希望她能夠想到其他的，最好是能夠想到……小樹就是她。

程奕微，小樹就是你啊！我喜歡的人……

「唉～」一聲嘆息從我身後響起，接著肩上就多了幾掌疼痛的鼓勵。「我會替你的小樹澆水的，也會鬆綁它……你幹嘛把它綁成這樣子？」

我將房間鑰匙交給宇澤哥，關上門。「你不要亂帶愉賢進來喔！」

誰都知道他們兩個最近走很近，宇澤哥這陣子開口閉口都是愉賢愉賢愉賢愉賢愉賢……她要不是奕微的朋友，我早把她滅了，不在場也擾人清悠，透過宇澤哥的嘴巴。

「不會啦！」宇澤哥收起鑰匙，送我到樓下。「路上小心。」

「嗯。」我朝他揮手，讓他先上樓了才邁開步伐，朝校外走了幾步，卻又停了下來。

今天不知道為什麼，特別想她……

轉身往反方向走去，朝著我們第一次見面的那棵大樹。那棵大樹離我宿舍很遠，我拖著沉重的行李，心裡卻一點也不沉重。也許是學校海拔比較高，今天的太陽也晚了些露面，霧都還沒散，視線有些不佳，大樹藏在霧後面的樣子，很神秘。

就像奕微一樣，對我來說，總是隔著一層神秘的白霧，她藏在那後面，我摸不清她的心，看不清她的目光，是不是都向著我。

放下行李，我拿出手機拍下蒙著面紗的大樹，上傳。

「小樹，從這裡來的。」

小樹的種子，是在新生入學那一天，也是我終於知道她叫程奕微的那一天撿起來種的，盆栽裡其實種了很多顆小種子，但不知為何，就只有一顆發芽。雖然現在過了半年多，它也沒有長得很大，但那就像我喜歡奕微的心情一樣……

一天一天長大、一天一天茁壯，要澆的水變得更多、要的陽光也變得更多。一天一天增長、一天一天熱烈，渴望的關注變得更多、渴望的接觸也變得更多……我知道我不會停止，不會停止愛她……

「奕微……這些你都知道嗎？」

好希望你知道啊……。我走到樹幹旁邊，抬手摸了摸它有些粗躁的表皮，抬頭看著那些有些溼氣的葉子，兩手張開一環，抱住它。

好希望有一天也能這樣抱著奕微，好有安全感……可是如果跟她說了這些，她會接受嗎？她對我看起來無關心啊……

放下手，退後了幾步，拿起行李……時間差不多了，真的不能再逗留下去，我只能再多看幾眼這棵讓我們相遇的大樹。

嗯，能跟你相遇，我已經很幸運了。

* *

同日，早上9點10分。

我在火車上，快到家了，還有一多個小時，就要回到我好愛好愛的家。這個時間，奕微肯定還在上課吧。戲劇概論，本來我也想修的，可是想到這樣會推延回家的時間，還是退掉了。其實……我很想跟奕微一起上課的，但是跟家人相處的時間真的不多啊，就兩天而已。不過仔細想想，我一個禮拜只有三天見得到奕微，那傢伙的課特別少啊，好啦就算有時候四天，那她也只是班會的時候出現那兩個小時啊，那樣……跟我待在家陪爸媽的時間差不多。怎麼辦啊？才離開學校一下下，就好想她。

打開推特，按開早上推特的回覆，不知道為什麼一眼就看見她的名字，這次不只是一張笑臉，而是從認識她以來，她回最多字的一次。

我數過了，不加標點19個字。

「如果是這樣，有一天你的小樹就不需要盆栽了。」

我知道她只是單純的在說樹，可是她不知道這句話對我來說，就像是她總有一天會從我身邊離開，再也不需要我的意思。

這段愛情，現在還沒有一個開始，我才不要想以後會不會結束，再怎樣都要想辦法待在她身邊。

「沒關係，那樣也還是我的小樹，我可以種在我家院子裡。」

沒關係，那樣你也還是我的，我可以把你帶回家。

一輩子待著……

*　*

同日，晚上10點43分。

也許是鄉下的原因，家裡人沒有過夜生活的習慣，不像我一隻夜貓子，這時候還醒著。

雖然是醒著，但也被逼著躺在床上了。

不知道奕微睡了沒？那傢伙肯定又會為了寫小說而晚睡了。

想著想著，就想到她一直以來的推文。她總是發一些日常的小事，或是一點生活的小感想，心情文是常有的，我可以知道她發生了什麼事情，今天的心情如何……然後我就隔著電腦這樣看著她，一點一滴的把她的生活和心情收藏起來，然後用小樹回覆她。

雖然她不知道……但是我好希望她知道，好希望我有一天可以有足夠的勇氣，能夠站在她的面前，勇敢的告訴她……

你是我的小樹，請讓我當你的樹先生。

7 五月二十日，五點二十分

5月19日，早上10點48分。

其實快中午了吧，空氣有點濕悶，即使還沒有要下雨的意思，卻足以讓人整顆心像堵住了什麼似的，很不舒服，看來雨真是一個容易令人陷入思念的東西。

不知道奕微那裡是不是在下雨。

「走吧。」姐姐走過來拍了拍我的肩膀，我看著她將兩把摺疊傘放進她的小包裡。

作為手足就是這個樣子，感情總藏在不經意的習慣裡。雖然她從小到大都很喜歡欺負我，卻也是最支持我、最幫助我的人，所以我從來都不會對她隱瞞秘密。

「你跟她進度到哪啦？」姐姐拉著我走進男裝專賣店，拿起衣服就往我身上比劃著。

「她？你說奕微？」

「不然還有別人？」

我明明什麼都沒說。

「姐，你不會是良心發現想要送我衣服吧？」我看她老是拿衣服往我身上比。

「嗯？我哪有那個同情心？我是要買給我男朋友的，他身材跟你差不多……」

我就知道，拉我出來準沒好事。「他很窮嗎？還要你買衣服給他？」說話太直，被姐姐的美眸瞪了。「這是禮物！你懂不懂啊？」

「禮物？又不是情人節。」其實禮物不一定過節才送，但我了解我這位小氣姐姐，不是過節，她就不會送東西。

「笨啊，明天幾號？」

「明天二十……」啊！明天520！

「告白日啊……」姐姐拿著衣服去結了帳，忽然轉頭看我。「你有要告白嗎？對那個人！」

那個人……奕微？對奕微告白？這麼突然？

「你幹嘛一臉驚恐？這是好機會耶。」

是啊，好機會。520不只是個告白的日子，許多情侶也會把這天當作情人節過，因為這天就是讓人表明心意用的。可是……對奕微，我還沒有心理準備。

＊　＊

同日，晚上8點13分。

剛才晚餐是在宇澤哥房裡吃完的，他說他媽媽早上拿來太多菜，還都是煮好的，他一個人吃不完。我倒是十分樂意幫他解決這些超級下飯的食物，何況我才剛回到學校，根本就沒有力氣覓食，累都累死了。

「吶，我冰箱裡只剩蘋果汁了。」他將冰冰的果汁塞進我的手中，自己手上也拿著一瓶，一屁股坐在我對面，很開心的湊上嘴邊喝了起來。「哈～」

我看著他好像什麼憂慮都沒有的樣子，不知為何突然想到姐姐說的話。「哥。」

「嗯？」他背靠著床，右手摸著肚皮，一臉滿足。

「明天什麼日子，你知道嗎？」我試探性的問，卻看見他更疑惑的表情。

「明天是節日嗎？放假嗎？」這哥眨著他的兔子眼睛閃亮亮的看著我，滿臉的不知情。

「明天520……不放假。」

「520？不放假就不算節日啦。」

「哥……」他看起來一點都沒有想要跟愉賢告白的意思耶，明明兩個人都已經明顯成什麼樣子了。「你不告白嗎？」

「怎麼？你想跟誰告白了？」他的眼睛比剛才更亮了。

我搖頭。「我只是問問，如果哥你跟愉賢告白了，她卻拒絕你了，你會怎麼辦？」這問題是我在回學校的火車上一直想的問題。如果我的告白被奕微拒絕了，我該怎麼辦？畢竟她有可能不接受我的，也可能她早就有喜歡的人……

「嗯……」宇澤哥放下果汁，兩手抱著膝蓋，前後搖晃著，好像很認真在思考。「我還是緊緊的抓住她吧，告白一次就難過怎麼行？」

是啊，才失敗一次就認為自己永遠失敗了，這樣幸福永遠也不會被抓住。

從宇澤哥房裡出來的時候，已經過了晚上十一點，我才剛走出來，就看見宿舍長在敲我房門。

「怎麼了？」我問。

「喔，樓下有個女生說要找你。」宿舍長一向很開放，但只限於樓下，女賓基本還是禁止進入的。

「嗯。」我點點頭，跟著他下樓。

坐在會客室的人是籃球隊上的球經，其實我跟她一直不算很熟，但她一直是個對大家很照顧、很有責任心的球經。不過，她找我幹嘛？都這麼晚了。

「唷。」我跟她打了個招呼，坐在她對面。

「映軒。」她似乎被我嚇了一跳，整個人看起來不知所措的。

「這、這個……給你。」她給了我一個淺藍色的小紙袋，打開來看是一條幸運鍊。

「這要幹嘛？」我看著她，但她卻看著地板。

「嗯……明天節日嘛，送給大家一人一個啊，希望大家都會找到心裡的那個人。」她今天講話速度有點快，而且還不是很順。

「喔，那為什麼不明天練球的時候給我？」要這麼深夜的。

「明天是告白日嘛，明天送會很奇怪啊。」

「那其他人的呢？你送了？」

「嗯、嗯……昨天都給了，你昨天不在嘛，所以……」

我點點頭，將幸運鍊重新收回紙袋裡。「喔，謝啦。」

「不、不客氣……那那那我先走囉，宿舍要關門了。」她站了起來，朝我揮了揮手，始終沒有看著我。

「喔那，掰掰。」我看著她離開男宿，抓著頭發準備上樓。

「喲~有女生告白吼？」宿舍長一臉曖昧的站在門口甩著鑰匙。

我搖搖頭，也沒解釋就上樓了。根本沒有解釋的必要，特別是對於那個特別八卦的人。

等到洗完澡就已經過了十二點，我將頭髮擦到半乾，然後趴在床上看著旁邊已經被鬆綁的小樹。

告白……如果不是當面說，而只是讓感情抒發一下呢？我還是不敢直接說啊……

在床上滾了幾圈，腦子裡很神奇的滾進了一個點子，拿起手機將小樹現在的樣子拍下來，然後將鬧鐘調到凌晨五點，接著乖乖的熄燈睡覺。

＊　＊

5月20日，凌晨5點20分。

推特，一張小樹的照片。

8 一個空位

5月20日，早上9點59分。

我覺得我一定是瘋了。早上臨時的補課剛放人沒多久，我竟然走了一大段路跑來這棟大樓裡，就只為了看她坐在教室裡的樣子。

奕微是十點的通識，當初我也想選這堂，但就是速度不比別人，選不到。想要私心一點跟她選同一堂課都失策，只能這樣站在外面看著她一點也不認真的打開筆電碼字。

程奕微小姐，這堂是自然通識吧？跟小說一點都沒關係啊！

教室靠走廊的地方沒有窗子，只有一大片的毛玻璃，霧霧的一大片，只有一點地方為了美觀而設計的透明花紋能夠稍微看到裡面。我坐在旁邊的長椅上，頭靠著玻璃，看著對面教室的玻璃。

520，我愛你。

這三個字是個臨界點吧，對於像我這樣暗戀的人。告白是個界線，結束一種關係，開啟另一種關係的界線，只是那樣的關係，是幸福的，還是絕望的？我沒有把握，所以選擇了沉默，卻又不甘沉默。用自己懂的方式，無聲的訴說自己的感情，也抑制不了自己這兩天的心心念念，明明下午就見得到面，我偏偏等不到那時候。

如果愛情必須做了一個決定之後才能真正屬於自己，那暗戀就像是一片毛玻璃，我在這一頭，只能看見另一面的她模糊的輪廓，卻永遠也看不清楚。總要打破玻璃才有辦法看透一切，可是我害怕受傷，寧願維持原狀看著她美好的彩影。

像現在這樣，僅僅是坐在她教室的外面，我也萬分幸福。

拿起手機，我現在才想起來自己從昨晚開始就一直沒有看推特，往下拉了一陣子，我才

看見她昨晚的推文。

是一張鞋子的照片，我知道是她的腳，站在溼漉漉的柏油路上，鞋子的右邊空了一半，看起來是刻意的。

「Dating with……」

奕微……昨天跟誰約會了嗎？奕微……有喜歡的人了？奕微……跟誰告白了嗎？奕微……跟誰在一起了？

轉頭，我透過小花紋看向她，而她依舊專心於電腦。

我怎麼就沒想到呢？告白日，每個人都可以告白的啊，奕微也……還自己瞎高興什麼呢？李映軒……這是什麼感覺呢？心臟好像不斷的往下掉，卻一直碰不到底，我的手撫上左胸，它還好好的在跳動啊。

可是為什麼，有什麼東西好像空了？

＊　　＊

同日，下午5點04分。

今天的體育課意外的提早放人，這都要感謝突如其來的傾盆大雨。說是傾盆一點都不為

過，前一刻還風平浪靜，下一秒就像是被耍一般，好多桶水一瞬間往身上倒，即使立刻打了傘，該溼的還是都溼了。

不過也好，反正等等游泳補考，還是得溼，一次洗一洗吧。

剛換好泳衣走到池畔，就看見奕微坐在旁邊的看台上，拿著手機不知道在看什麼，好認真。我朝她走了幾步，卻又停了下來。

因為想到她的推文。

可是我今天整天也想了很久，她那張照片旁邊空了那麼大一塊，會不會是因為就是沒有人跟她約會，她才這麼寫，想要有個人填補那個空缺？

噗……不知怎麼地，這樣想過後，心情竟然好多了。

小跑到她身邊，她竟然都還沒發現我。「嘿！」

「趙愉賢你很……啊！」她一邊埋怨一邊抬頭，然而在看到我之後，明顯驚訝了一下。

「映、映軒……」

我把東西放下，開始暖身。不看她的原因是……她被嚇到的樣子好可愛，眼睛瞪得好大。

「你怎麼會在這裡？」稍微平復了小小激動的心，我故意冷了些語氣問。

「陪愉賢補時數，你呢？」我的餘光裡，她又再次低下頭看手機。

「補考囉。」我略略做了暖身後，坐在她身邊，刻意的保持了一點距離，但也足夠知道

她在看什麼了……小說。

「嗯。」她的聲音聽起來跟平常沒什麼不同，只是她這樣單音節的回答我，讓我有點失落。

轉頭看了看泳池裡的人，我試著找了一下，卻沒看見愉賢的身影。「你陪愉賢？可是我沒看到她人啊。」

「她還沒來。」

「沒來？」我又看著她，趙愉賢沒來，那她待在這是要幹嘛？「那你還等著？」

她抬起頭看著我。「可是她說要請我吃晚餐……」

吃晚餐……吃晚餐、吃晚餐？吃晚餐！有了……「這麼巧？她也約我晚餐一起吃。」

「是喔……」她別過頭，視線回到她的手機，又是這樣簡單又冷淡的回應。

天啊，我好想當她的手機，可以每天跟她對視，還可以每天被她摸來摸去……呃啊！我在想什麼啦！李映軒你腦子裡到底裝的是什麼啦！

「老師來了，我先去考試！」遠遠的看見老師，我站了起來往池畔跑，才不要她發現我越來越紅的臉頰，可惡啊我怎麼覺得有點熱……算了，跳進池子裡冷靜點吧。

其實我一點也不在意考試成績，也知道自己並不是游得很快的那種人，可是這次我卻有種好想快點讓那些邪惡的想法隨著水流消失的感覺。

我沒有聽老師報成績，只是從池子裡爬出來，覺得冷靜多了才走回看台，剛好看見趙愉賢小姐很自在大方的脫掉了上衣和長褲，原來泳衣穿在裡面。「哎，趙愉賢你出現啦？」

「喔，映軒，你也在！」

「當然在啊，你不是說游完泳一起吃飯的？」我拿起浴巾披在肩上，提起換洗的衣物。我得快一些，才不想放棄這好不容易可以跟奕微一起吃晚餐的機會。

「什麼？」趙小姐一臉不解。

當然不解啦，是我唬你的。「快點啊，下去隨便混一混就上來了啦，我好餓。」

「啊？」擁有聰明腦袋的趙小姐持續不解。

這樣正好。「快點。」

「喔。」她不明所以的抓著腦袋轉身下水。

* *

同日，晚上7點10分。

學校餐廳，我看著桌上的三盤鐵板麵，輕笑著夾了一口往嘴裡塞。我知道的，這是奕微的最愛，她每次來那家小店，永遠只點這個。

趙愉賢在剛剛點餐的時候狠狠的瞪了我一眼，我知道她的意思，她已經知道我的目的了，但，她大概也只能猜到我想蹭她一餐免費的，卻絕不會想到，我只是單純的想跟奕微一起吃飯而拿她當藉口。錢自己付又有什麼關係……。

奕微在吃飯的時候似乎不太說話，她只是靜靜的聽著我和愉賢聊著線上遊戲，偶爾笑笑。其實我也不玩的，只是常常看著宇澤哥跟別人battle，才能夠有點了解。

「喔……好渴。」剛剛還天花亂墜、口水亂飛的趙愉賢終於開始喊渴了，心裡鬆了一口氣，她如果再深入點說，我就真的不懂了，那些無聊的線上遊戲。

還浪費了我跟奕微說話的時間。「我要喝麥香綠茶！」我把錢塞給愉賢，真恨不得她快離開這桌子。

「奕微呢？」她站了起來，看著還在慢慢吃麵的奕微。

「檸檬茶，你請我，不管。」

「好好好，我欠你的。」

我看著趙愉賢雙手舉高做出投降狀，看來奕微是真的不喜歡等人等這麼久，我得記著才行，以後不能讓她等。

可趙愉賢一走，真的如我所願只剩下我跟奕微時，這心跳怎麼解釋？

碰碰……碰碰……碰碰……

樣子。

怎麼辦？好緊張、好尷尬，該說什麼好？啊啊啊，心跳啊……

「今天……雨一下子下很大，一下子又沒了。」李映軒啊，這是什麼爛話題啦！

「嗯。」我看著奕微拿著筷子玩弄著斷掉的麵條，動作無限重覆，對這話題沒興趣的樣子。

我的腦筋轉著，卻總是找不到適合的話題……推特？

想著想著，卻想到了昨晚她的推文，還有那張照片……她是跟別人去約會了，還是有別的意思？「你……」我怎麼開口了？我偷偷瞄向她，卻剛剛好被她的眼神抓住，立刻低頭。

「嗯，沒什麼。」

「你想問什麼？」

她反問我，可是，要我怎麼問出口呢？就這麼突然的去問她跟誰約會，她會不會覺得我管很多？搖頭，不問了，雖然很在意……

大概有一分鐘，我們都沒有說話。

「小樹……」

小樹？我抬頭，不解的看著她。「嗯？」她有注意到小樹？

「沒、沒什麼。」她搖頭，接過愉賢遞來的飲料，插了吸管就直接湊上嘴邊。

「程奕微你是有多渴？」趙愉賢邊說著邊將我的飲料遞給我。

我接過，卻沒有馬上喝。直到吃完飯，我還是沒有問出那張照片的意思。

希望，你身邊還是一個空位。

9 我想追你，可以嗎

5月21日，早上6點01分。

鬧鐘剛響完一分鐘後，今天很意外的精神很好，我沒有賴床。

可是心情很不好，昨天……夢見她發的那張照片裡，多了一雙鞋——男孩子的黑皮鞋。

眼睛盯著白花花的牆壁，將棉被拉到臉上剛好蓋住鼻子，也遮住了可以看見小樹的角度。人家都說夢和現實是相反的，可是我就是怕……怕她身邊那雙鞋不是我的。

好窩囊……奕微呀，我該怎麼辦？好想成為你身邊的那個人，好想好想。

將棉被從臉上拉下來，眼睛盯著小樹。奕微……我想追你，可以嗎？

翻身下床，拿過書桌上的手機調成自拍模式，將我跟小樹都裝進螢幕裡。我抓著它的葉子，另一手輕輕一按。

喀擦！畫面定格，存檔上傳推特。

「小樹啊小樹……」我喜歡你，跟我在一起好不好？

這樣子的提示，奕微看得懂嗎？我轉頭看著小樹，總覺得還得做什麼才行。轉頭拿了玻璃杯裝滿水，找了根吸管插著放在小樹面前。喀擦！又是一張照片，上傳。

「小樹要喝水啊……」即使約會只是喝水，也跟我約會好嗎？

這樣好嗎？約會只喝水……窗外正下著雨，我看著窗外，不知道為什麼突然覺得很想笑，笑自己傻。就算只喝水又怎樣？跟奕微在一起就好啦。

是啊，只要跟奕微在一起就好，不管是晴天雨天……拿起雨傘撐開，抱著小樹，一手按下快門，喀擦！第三張照片。

上傳，在輸入框裡打上：「小樹，今天下雨。」就算下雨，我也只想跟你窩在一起。

叩叩叩……

剛發出推文沒多久，就有人敲門了。我看了眼時鐘，大概知道是誰會這麼一大早來吵人清悠的。走去開了門，卻沒有想像中的大吼，只是一盤炒飯。「哥？」

「吶，剛剛多做的，拿來給你吃。」宇澤哥還頂著一頭亂髮，把炒飯塞在我懷裡之後就走了。

我看著他消失在房門後。這炒飯……大概是做給愉賢的，卻做多的吧，也好，我也餓了。

話說昨天趙愉賢那傢伙裝醉又告白又強吻宇澤哥的，這兩廝就這麼在一起了。宇澤哥是很明顯的喜歡愉賢，可是愉賢也隱藏得太好了吧？不過這下一個告白就全部公開了，他們兩個現在出雙入對也不會有人八卦。

我什麼時候也有像愉賢那樣的勇氣呢？還是怕奕微不接受像我這樣的人吧……

拿了個湯匙坐在書桌邊想要開動，卻在這時候又被小樹吸引過去……嗯？約會不只是喝水了耶。

想著想著，又拿起手機，拍下自己餵小樹吃飯的照片。我盯著照片，好希望這種事情快點實現……

照片附文字，上傳，發出。「小樹，餓不餓？啊～」

共喝一杯水、共吃一盤炒飯、共用一根吸管、一個湯匙……約會這樣子，很簡單，但光想也好甜蜜。

「我的小樹……」最後一張照片，只有我和小樹，沒有多餘的東西。

我的小樹，跟我在一起，好嗎？

放下手機，我才正打算開始享用早餐，螢幕上的閃光又吸引了我的注意力。是回覆通知，顯示：趙愉賢。

我實在是不懂她這麼吐槽我的理由，每個推文都要嗆我一下，還這麼一大早的。只是這

五張照片，讓我最震驚的是第五張的回覆。

果然還是不能小看愉賢的觀察力啊，其他的跟她隨便敷衍過去也就算了，但……

愉賢：「李映軒你是不是談戀愛了？」

我：「怎麼說？」

愉賢：「我連續五張看下來的結論。」

我：「所以呢？」

愉賢：「小樹是誰啊？」

小樹……「哈哈……」

是奕微啊，我喜歡好久的奕微呀。

* *

同日，上午10點14分。

語言實習課，台上阿豆仔講了好大一串英文，我卻沒法聽進去，滿腦子的只想著要怎麼追奕微？要怎麼讓奕微喜歡上我？怎麼就沒有人可以給我建議呢？

「映軒……映軒！」我轉頭，看著坐在我右後方的球經小姐遞給我一張紙條。

「明天有空嗎？」

明天？「明天沒有課。」我提筆在紙上寫道，傳了回去。

「那……陪我去市區好嗎？」沒多久，她傳了回來。

「要幹嘛？」我轉頭，用嘴型問她，只見她清笑著低頭，又在紙上寫了什麼傳給我。

「買週末比賽要用的新毛巾還有一些隊上要用的啊。」

我看著那行字……比賽啊，我記得每次比賽都可以在場邊看見奕微的，這次……她也會來的吧？也許，可以趁這次機會表明什麼吧？對了，還可以買禮物送她。

「好啊。」

「那明天早上在校外的車站見？」

我看著紙條，輕輕點頭。不知道奕微喜歡什麼啊……

10 契合的味道

5月22日，早上8點50分。

我在校外公車站的亭子裡坐著，望著晴朗得有點過份的天空，心裡卻高興不起來。

「是不是裝死，才會比較不難過一點？」

從昨晚看見了她昨天早上發的推文之後，心情好像就再也沒有好過。我不知道她在傷心什麼，但那張課堂上拍的照片，裡面被照到的人，睡覺的睡覺、不專心的不專心……那奕微是不是也跟他們一樣，心不在課堂上。

但她的心……在哪裡呢？

總覺得她有個喜歡的對象，可是總是猜不出來是誰……想要把自己代入試試，卻沒辦法找到答案。就連現在想要安慰她，卻又無從安慰起。

是啊……我又有什麼資格去安慰她？憑什麼？我連她的朋友也不是啊……就只是一個能夠說得上話的同學，只是同學……默默喜歡著她的一個好同學，只此而已。

一路上聽著球經在我旁邊說著什麼，偶爾回她幾個單音節，看她興高采烈的樣子，突然好希望旁邊的人就是奕微，希望她也能在我身旁說些有趣的事，希望她也能在我面前笑著，

而我也可以靜靜的聽著，偶爾吐嘈她幾句，要不就一起大笑。

可是這些都只是幻想，奕微對我從來都是冷冷的，可是對愉賢和宇澤哥，甚至是其他同學都可以開心的笑著，就唯獨我……

這樣另類的特別對待，可不可以不要？奕微呀，我也會想要你的溫柔……

即使是到了市區，我也只是安靜的跟在後面看著球經采購，一下是隊上要補充的毛巾，一下是社辦裡要用的東西……我不得不承認這球經是真的很認真，對球員的照顧也總是盡心盡力，一般來說，這樣的女孩子會讓很多人喜歡的吧？隊上就好幾個暗戀她的。

奕微……這樣的女生是不是也很多人追呢？

不知何時已經走到了飾品店。我隨意瀏覽著，不知不覺就被不遠處的小籃球吸引住了。店員說這是情侶香水瓶，一旦身上有一樣的香味，擁抱起來就會有更契合的感覺。我盯著那顆小籃球，忽然很想要跟奕微擁有一樣的東西，擁有一樣的味道。這樣……我們是不是就會比較契合一點？即使沒辦法擁抱……

店員笑著接過兩顆小籃球，又替我裝好了香水，還好心送了我補充包。我站在一旁看著，突然覺得自己傻得可以，根本不知道奕微會不會喜歡，就這樣做了決定，可是莫名的覺得好甜蜜。

「映軒，你買這個做什麼？」球經也拿著一個小鋼琴的吊飾站在我身邊，好像已經決定

要買那個了。

想起要送給奕微，就止不住想笑。「送給喜歡的人。」

她笑了起來。「原來你也一樣呢……」

是啊，我也一樣，為了送給喜歡的人禮物，猜啊猜的猜不著，最後只好送自己喜歡的東西。

「你喜歡的人應該蠻有氣質的吧，你想送鋼琴呢。」坐在回程的路上，我看著她手中的小袋子還隱隱被撐出那個小鋼琴的模樣，不知道為什麼會想起奕微。

「氣質……」球經看著前方，好像在思考。「是我無意間發現的，原來他喜歡鋼琴，連來電答鈴都是鋼琴呢。平常看他雖然有些冷冷的，可是還是對人很體貼，笑容還是常常掛著的，大部分的時候還是挺陽光的，而且文筆也不錯，在網上看過他寫的小說呢，總是給我暖暖的感覺。」

「寫小說？」我其實很意外，但意外之餘，還有一種意識到危險的感覺。「不會是我們系上的吧？」球經其實認識我們系上蠻多人的，畢竟隊上就有好幾個同系的學長。

「嗯，在你們班上。」

在我們班上？喜歡鋼琴、對人體貼、還寫過小說？「誰啊？」

為什麼……上次我報告時奕微的笑臉現在竟然浮在腦海中呢？

球經沒有沉默，只是笑著。

奕微會彈鋼琴，這是上學期辦活動的時候才知道的。她的小說一直有著一股令人惆悵的感覺，但很莫名的，看完之後就會有種奇異的溫暖……而我，只是學著她的寫作風格，想要跟她的距離拉得近點。

球經是……喜歡奕微嗎？聽說她拒絕了蠻多人的追求，該不會……

*　　　*

同日，下午4點25分。

宇澤哥說心情好，請我吃飯，但我沒想到趙愉賢那傢伙也在。出乎意料的在廚房裡幫忙……果然是有了老公就勤奮起來了嗎？重點是那丫頭怎麼混進男宿的？

「哥，我拿來了媽媽上次弄好的醃黃瓜，先放冰箱囉。」當然，我也不是那麼厚臉皮的人，人家要請吃飯，自己還是得帶些菜去的，何況宇澤哥愛慘了我媽做的菜，任何都愛。看吧，他兩眼放光。「嗯，好，你媽該不會又多做了一份吧？」

「當然，她有想到你，給你的份比我的多。」

「幫我跟她說謝謝！」

「知道了。」

其實平常還是宇澤哥照顧我得多，媽媽這樣只是在替我謝謝他。

「李映軒，你平常都是這樣來蹭飯的嗎？」趙愉賢一臉黑的站在我前面。

我卻只是笑著往椅子上一坐，拿起手機開始翻推特。比起理她，我更想知道她的好朋友程奕微到底心情好多了沒，可是我又不敢問愉賢，那傢伙聰明得可以。

沒有……沒有、完全沒有，推特上完全沒有奕微的消息。從告白日那天起，她一直都沒有回覆我，而我也沒有膽子回覆她，是啊，沒有膽子，我就是個膽小鬼，想要關心她，卻又怕她是不是哪一天就會突然宣布自己有了男朋友，然後PO上來接受大家祝福。

如果真的有那個時候，我有辦法祝福她嗎？不可能的……好好笑，我希望她幸福，卻沒辦法給予祝福。但她會需要我的祝福嗎？我充其量只是個「好同學」……一個可有可無的存在。

而且我更怕她交女朋友。

放下手機，我看向窗外，才驚覺外面正下著大雨，而我把小樹放在陽台上，我居然忘了！「哥，我先回去一趟，等等再來。」

「你幹嘛？」

「小樹快淹死了！」

衝回房間，我看見小樹溼得有點悽慘，植物是需要喝水沒錯，但盆栽裡的土都流出了一

大片，這根本是過量！會死的！

迅速將盆栽移到裡面一點，我蹲在小樹旁邊，看著它淋溼的樣子。奕微……是不是也難過到這樣呢？她可是難過得想要裝死了啊……

拿起手機，螢幕裡是我戳著小樹的樹幹，喀擦！上傳……「小樹，說話啊！」

不要都不回覆我好嗎？我想知道你為什麼難過，我拜托你說話……

我嘆了口氣，處理完了小樹就回到宇澤哥的房間，桌子上已經擺滿了菜，他和他的「親親小賢賢」正在我面前黏呼呼的互相餵食。

看著他們兩個在面前恩恩愛愛，我卻只有一陣惡寒。「你們夠了。」

宇澤哥只是無所謂的繼續吃自己的飯、繼續餵食他老婆。但愉賢對我卻好像有些含怒，冷冷的看了我一眼。

「小賢，你到底在看什麼？臉色這麼差。」宇澤哥湊到愉賢身邊看著她的手機，愉賢沒有反對，卻依然用那雙冷漠的眼睛看著我，眼底還帶有一絲敵意。

「奕微那孩子又怎麼了？」宇澤哥拿過愉賢的手機滑啊滑的。

奕微？

「被某個笨蛋弄得太傷心了……」說完，愉賢的視線從我身上離去。

什麼跟什麼？

11 聽你聽的歌

5月23日，早上9點52分。

宇澤哥最羨慕的星期四，他說為什麼大一可以這麼悠閒。

吶，就剛好沒有排課啊，這是實話，雖然講了之後難免挨一頓打。正好有時間可以趕趕月底的作文，比起上課，有時候就算是最喜歡的寫文也會覺得疲累，欠的字債總是比課堂上的缺席債還要多。

今天的心情不知道為什麼特別平靜，是因為昨天起伏太大嗎……？

昨天回房間之後收到愉賢的LINE，那傢伙劈頭就問一句：「你跟那女的什麼關係？」

「哪個女的？」

「回你推特的那個球經啊！」

回我推特……「你不是知道嗎？就只是球經而已啊。」

「你知道你們對話很曖昧嗎？」

到底怎麼個曖昧了？不就是她覺得我照片很可愛，我就開玩笑說練球也擺這樣的表情……

哪裡曖昧了？可是事後想想，愉賢昨晚發過來的那口氣，好像是再替誰抱不平的樣子……

所以我上了推特，做了連我自己都害怕的假設。

「在下雨呢。」這是奕微的推文，沒有圖片，只有文字，時間差不多是傍晚的時候了，那時候我正在宇澤哥房裡被趙愉賢瞪得要死。

那時候還覺得愉賢是不想看見我這個電燈泡，想讓我快點走，但直到看到奕微的推文之後，我卻好像明白了什麼……早知道就不要手賤去點開回覆了。

愉賢：「呀，雨也在你臉上下了吧？」

奕微：「嗯，心裡淹水了。」

我不想再進一步去證實自己這樣荒唐的假設，於是只當作是奕微依舊心情不好，所以拍了一張小樹撐傘的照片上傳，我想安慰她……也許她不會看懂，我卻只想這麼做，因為只有這麼做，我才可以暫時除掉我內心的恐懼。

完了，才說今天心情很平靜的，怎麼想起昨天的事情就又亂了？很慌、很怕……我從來都認為自己不會怕奕微不喜歡我，可是當真正要面對這件事情的時候，我怎就會這樣不知所措呢？我怕奕微喜歡女生、也怕奕微喜歡球經……

可是，喜歡就是喜歡啊……

*　　*

同日，下午4點40分。

外面下著大雨，而我卻必須衝破這樣的雨幕去體育館練球，比賽快到了，不管天氣如何還是要練。希望明天過後可以放晴啊，我一點都不喜歡這樣亂糟糟的天氣，除了徒增憂鬱讓人胡思亂想之外，就沒別的用處了。

我剛把網上連載的新篇章發出去，看了看時間，發現還能晃一下推特。

依舊是那樣的壞習慣，不斷的翻找，只為了先找到她的影子，收藏它。

「一天只想你一次，不能再多了，我要好好珍惜才行……」這是她中午發的，我知道這是某首歌的歌詞，但……這裡指的「你」，是誰呢？

我不想知道了，不想再猜了，我喜歡你就是喜歡你，想追你就是想追你，就算你有喜歡的人，就算你可能拒絕我，但除了你，沒人可以動搖我，不是嗎？就連你也不能控制我不繼續愛著你啊。

李映軒，你調整心態的速度還真快……但除了這麼想，我還能怎麼想呢？我就是我啊，愛著程奕微的李映軒。

轉身拿了我的全罩式耳機戴在小樹的「頭」上，拿起手機拍下，上傳。

「聽你聽的歌，這樣會比較靠近一點嗎？」

奕微，我想跟你再近一點。

發完了推文，時間也差不多了，我出了門、打了傘，往體育館跑去。

＊　＊

同日，下午5點01分。

體育館內，隊友們才慢慢的集合在一起，我算是晚到，可並沒有遲到。

「呀，沒想到你小子挺浪漫啊。」這是一個學長，見到我來，不顧我還在收傘，就直接往我背上重重拍下，背後瞬間一股熱辣。

「什麼啦！」我扭了扭身體，想擺脫這股比做伸展運動還要痛苦的折磨。

「還裝呢，你的推文啊，剛剛的。」另外一個學長也跑到我身邊，勾著我的脖子，抬手就賜給我一記爽快的爆栗，想喊疼都喊不出來啊。

「嘶……」背上、頭上……他們調侃就調侃，有必要動手動腳？

「好了啦，學長們不要鬧他了。」響亮的聲音從我身後發出，球經丟了兩條新毛巾在兩

位學長頭上，剛好解救了我的窘境。

我感激的朝她笑笑。

「喲～～～」這龐大的怪聲音又是從兩個學長口中傳來的，抬眼，只是他們兩個遠去的背影。

什麼跟什麼？

依我對他們的了解，我覺得有詐，於是坐到場邊拿出手機打開推特……果然，一連串的調戲話語在我的推文底下不斷增加。什麼「你不要以為我們不知道喔。」、「昨天在車站看到的，今天就……」

啊，我懂了，他們以為我跟球經是……無奈嘆氣，我正想要關掉，來個眼不見為淨時，提示燈又亮了。

打開，是球經回覆我的：「我離你很近了，你不知道嗎？」

抬頭，我看見球經低著頭，坐在籃球架下整理昨天買來的東西……很好，連你都開我玩笑。

「哈哈，是啊，很近。」就在對面而已，好、近、喔。

我看見她抬頭看了我一下，然後就拿著東西走了，我看不到她臉上的反應。突然覺得這樣的報復行為很幼稚，好像非但沒有耍到她，還讓她得逞了的感覺。

「喲，又來了又來了……」學長們又晃到我身邊。

「幹嘛……喔喔！」我收起手機，彎腰綁起鞋帶，沒想到這樣正好又被巴了一掌。「學長！」

「你小子不要太早戀！這樣對身體不好。」

「是啊是啊，太早用完真的不太好……」

到底在說什麼？

「不要擺那個臉啦，你以為我們都不知道你跟球經……」

「呀，不要說啦，這是公開的秘密耶！」

我只能說這兩個一搭一唱都不知道是在唱哪顆星球的歌了。「學長你們誤……」

「我們都懂啦，還在曖昧期嘛。」

蛤？我跟球經什麼時候又……等一下，如果他們誤會我跟球經，那奕微是不是也……

啊！好煩！煩死了！

12 只是偽裝

5月24日，早上7點24分。

走廊的燈還暗著，黑漆漆的系館裡還沒有人，也許有吧，像我這樣刻意早到的。

清晨起床的時候，剛剛好看見日出，陽光暖洋洋的灑在小樹上，金黃色的好漂亮，心念一動就拍了下來。

「小樹！難得今天不下雨，來點日光浴吧？」

奕微！難得今天不下雨，你也可以難得的給我一個暖暖的笑容嗎？

早上八點的歷史課，我知道她會早到，他一向如此。我知道她喜歡坐在離插座最近的位子，因為她總是開著筆電，兩個小時裡沉浸在自己的世界，所以特別選了一個在她附近的位置坐下，開電腦，趕文。

我想等，等她出現。只是我不知道，這一等，就是好久好久，直到整間教室被慢慢的填滿、直到老師走進來開始上課、直到第二節課的鐘聲響起，我都沒有看到她。

那個位子，還是空的。

我轉頭了看了好幾次，想她大概是換了位子坐，卻無法在人群裡找到她的影子。

「奕微沒有來？」我拍了拍前方的愉賢，收到了她不耐煩的眼神。

「你看到她來了嗎？」冰冷的口氣、嫌棄的表情，這是愉賢最近面對我時的態度，好像我惹她一樣。

對於她的問題，答案當然是沒有，因為沒有，所以才問她的啊。

開始播幻燈片了，總是在下課前半小時開始這兩個小時歷史課最吸引人的部分。研究歷史，還是要看些古物的吧。教室裡的日光燈全暗，只剩下銀幕上一張一張的古物相片，平時那些會引起我興趣的東西，今天卻看起來乏味。

低著頭碼著字，不時裝裝認真抬起頭看銀幕一眼，聽著坐在我身後的朋友們嘻嘻哈哈的討論，偶爾跟著笑笑，但其實……我多打了幾個字，就刪幾個字；做樣子跟朋友討論幻燈片，只是要藉故回頭尋找那個好想見的面孔。

快下課了，我看著電腦桌面右下角的時間顯示，一點一點的逼近整點，也是在告訴我，她消失了快要兩個小時。只是我不放棄，仍然回頭，視線在黑暗中的人群飄移。

老實說，我還蠻高興我這個時候回頭了，因為我看見，她在最靠近前門的角落坐著，突然有種很放心的感覺……因為她在。

等一下！她戴著口罩？生病了？

我看見她順了順瀏海，低著頭撫平口罩。

心裡突然好像有什麼東西賭著，梗在心口。怎麼著涼的？怎麼這麼不照顧自己？你個笨蛋……怎麼來了反而更讓人擔心呢？

＊　　＊

同日，中午12點47分。

學校餐廳，不，算了，我去外面買吧。

站在離餐廳不遠處，我看著不斷湧入的人潮，想了想還是走去校外，雖然人也很多，但至少選擇更多。我一直不喜歡人多的地方，擠在人群裡面一點呼吸的空間都沒有。簡單點了個飯捲加紅茶，等待的時候拿起手機點開了推特，想看她有沒有新動態，卻先注意到了回覆自己的提示。

是奕微嗎？

可誰知，一點開，興奮期待的感覺立刻消失……是球經。「是吧是吧，今天陽光也好舒服呢。」

我抬頭看了看外頭因為正逢中午而炙熱的陽光，突然很感謝今天老天爺的配合，因為奕微感冒了，要是今天還是陰冷下雨，學校又風大不好撐傘，淋著雨，病情肯定加重的。

低頭，我這麼回覆：「小樹肯定也喜歡。」

沒幾秒，球經又回覆了，只是很沒意義的「嘻嘻嘻～」。對她來說不是沒意義的吧，她喜歡的人……跟我是同一個啊。

「同學！你的飯捲和紅茶……」

「謝謝。」

拿走了餐點，慢慢的走在回學校的路上，途中經過圖書館前面，看著時間還早，就直接走到那裡的石椅上坐著，吹著進出的人們帶出的冷氣，看著藍得有些誇張的天空。只我沒想到，我這一放空，直到鐘聲響起才緩過來，拿起書包直往教室奔去，幸好不遠。

老師還沒來！這是我從窗外往內看時的第一個反應，鬆口氣。

剛進教室，果然跟我想的沒錯，奕微還是坐在離插座最近的位子上，開著筆電。雖然戴著口罩看上去有些虛弱，可是她的精神看來不錯。

想起早上沒能坐在她附近的遺憾，我不知道我從哪生出來的勇氣，能夠問她這樣的問題。

「奕微，你旁邊有人坐嗎？」

碰碰、碰碰、碰碰……

我看見她抬頭看著我，好像有些驚訝，而我卻因為緊張只能傻笑著。

「李映軒你不要坐那裡啦，我要放書包！」坐在奕微身後，原本專心滑手機的愉賢，突然大叫著。

我往奕微旁邊的椅子看了看，的確，擺滿了書包、袋子，都是趙愉賢的東西。看她一臉堅決不讓我坐奕微旁邊的樣子，激得我更想坐在奕微旁邊。不是為勝負欲，只是單純的，想坐在喜歡的人旁邊上課，只此而已。

「不管，你東西拿走，我要坐奕微旁邊！」我拿起愉賢的書包，直接往她身上扔，看她一臉錯愕，我直在心裡大笑。

可是這樣強勢的話一出口，緊張還是多過於得意了。

我坐了下來，看著奕微正專心的處理她的文檔，心底一股怦然，好想跟她做一樣的事情，讓我們兩個看起來更相似。

彎腰想從書包裡拿出筆電，我稍微側過臉用餘光瞄向奕微，發現她正在看自己，心跳猛地加快，迅速縮回眼神將筆電拿出來，想裝出還沒吃午餐的鎮定模樣。

「學期末功課好多喔，我欠了好多字！」打開筆電，我知道我在胡言亂語，更知道心跳的速度有多快，耳邊只有碰碰碰碰碰碰碰碰碰碰碰碰碰碰碰碰碰碰碰碰的聲音而已！

別數了，一共二十個碰，我算過了。

「嗯。」而唯一能夠穿透那樣要人命心跳聲的，只有她這樣冷淡的單音節。

呀，程奕微，你知道嗎？就連你這樣冷冷的回應，都能好快的傳到我的腦子裡，好像全

世界，我只能先聽到你一樣。

眼神飄向她的螢幕，我看見她縮小的頁籤，除了文檔，還有推特。我可以私心的覺得她這樣縮著是不想讓我發現什麼嗎？

比如……她也在關注我什麼的。好吧，我知道我肯定是想多了。

點開了推特，我一眼就先看見了她早上的推文。是歷史課的時候，那張我也看見了的古代美女圖。

「你就不能，對我笑一下？」

這個「你」，是指誰呢？是個女孩子吧？特意拍了那張美女圖，奕微肯定有個喜歡的女孩子吧？而……

我不敢再想下去，腦海裡出現的那個女孩，好像就是正解一樣。我寧願對號入座，真的。

回覆了一張笑臉，按下發送的瞬間，我轉頭看了她一眼，卻沒辦法只有一眼。奕微，如果不是那個女生，換成是我對你笑，也可以嗎？能接受嗎？

這是我從告白日以來，第一次回覆她。看著她打開了推特，然後眼角有些淡淡的笑容，心裡湧起一股溫暖，就像早上看見的日出一樣。

果然，我渴望的暖流，在你身上啊……。

我滿足地收回視線，卻瞥到門口對我揮手的球經。說真的，我知道我的笑容一定收了起

來，卻又顫抖著抿起唇線。剛剛腦海裡不斷浮現的女孩，就是她啊，為什麼偏偏在這時候出現呢？

「你來幹嘛？」我站了起身，走到她旁邊。現在是上課時間，雖然我們老師還沒來，但她出現在這裡也太奇怪了。

「嗯……等等可以陪我去宣傳一下明天的球賽嗎？我一直找不到人……」球經眼神飄忽著，就是沒看我，眼珠子來來回回就是只在我的身後飄移。

看誰呢？

我稍微偏了頭順著她的視線看去，剛好落在奕微身上，而，奕微也正看著這裡，表情……不是很好。

果然……還是在意的吧？是她、是她啊！奕微喜歡的人……

「映軒？」

聞聲，我回頭，對上球經疑惑的表情，雖然笑不太出來，還是硬擠了個笑容。「對不起喔，我今天課要上到五點。」

「沒關係，那我自己去好了。」她搖搖頭，露出燦爛的笑容，表面上看來是對於我的回絕而表現出來的無所謂，可在我眼裡，這更像是因為達成了什麼目的而笑。

是啊，她利用了我，來看看奕微而已。

而奕微……我看見她被愉賢摀住眼睛，卻收到了愉賢敵視的眼神，這讓我心裡的猜疑更確定了幾分。

原來如此啊……

*　*

同日，晚上10點55分。

球賽的前一晚，應該要早睡的，可我卻毫無睡意。

自從下午開始，我卻一直不知道該怎麼排解這滿腦子奕微和球經在一起的畫面，明明是自己想像的啊！

像噩夢一樣。

別想了李映軒，別想了……可就算是這樣自我催眠，害怕還是不斷的增加，我發現自己沒辦法接受奕微跟別人在一起的事實，這樣的想法很嚇人，明明奕微還不是我的，可我就是沒辦法看她跟別的女孩子手牽著手走在路上，還是她溫柔的笑容對著除了我以外的「女孩」。

不，是男是女都不行。

說到笑容，下午發給她的笑容，我想知道她有沒有回……畢竟她也有一陣子沒有回覆我了。可當我打開推特，卻只看見她幾秒前更新的推文，沒有圖，只有文字。

「為什麼今天不下雨？」

為什麼……不下雨？是指心情，還是天氣？或者……你單純的想跟我唱反調，因為我發了一則有關陽光的推文？

夠了，不要猜了！猜了也不會得到正確答案！李映軒！做你自己就好！現在奕微又不屬於誰，任何人都跟你站在一樣的起跑點上。

包括，身為女孩子的……球經。

給自己拍下了一張正在給小樹澆水的照片，上傳。「小樹，你渴了嗎？」

我知道，我只是在偽裝，將在乎與不快偽裝起來，我知道自己在裝作不知道……因為除了這樣，我不知道我還能做什麼。

我喜歡程奕微，與別人無關。所以我還是跟以前一樣，返回了首頁，找到她剛才的推文，按下收藏。

然而，底下的回覆卻吸引了我的注意。

愉賢：「今天晴時多雲偶陣雨，替你的心穿雨衣！」

當我正在思考這句話的意思時，提示燈正好也亮了——來自，愉賢：「別澆太多水，浪

費水，淚水不用錢嗎？」

她這樣回覆我，讓我想到剛才她回覆奕微的，是不是有什麼關係呢？

我在鍵盤上快速的打上兩個字，也順從內心的加了個問號。「淚水？」

沒幾秒，就收到了回覆：「水不要澆太多，小樹會淹死的，你沒看見她奄奄一息嗎？」

身為中文系的學生，又是文藝組的，對文字還是十分敏感的。

樹，一般用「它」來表示，而愉賢用了這個「她」……難道，她知道小樹是誰？

奄奄一息……我轉頭看向陽台上的小樹，不知道是自己的心理作用還是怎樣，總覺得它有些垂頭喪氣。

是這樣嗎？奕微……你抱怨今天不下雨，是因為想要掩飾你心裡陰沉的雨絲嗎？

還是在意的吧？還是沒辦法學著奕微裝死的吧？

13 心裡的份量

5月25日，早上7點27分。

「小樹，幫我加油！」

上傳照片，我看著還掛在小樹枝頭上的兩顆小籃球，不知道為什麼心裡湧起一種很奇妙的感覺……紅色的球身在綠色的葉子襯托下，遠遠的看起來就像兩顆靠在一起的頭，那樣甜甜蜜蜜。

將小球拆了下來，打開了其中一個，裡頭的香氣分子立刻四溢，空氣中都是這樣淡淡的清香。想到以後奕微身上就是這樣的味道，心裡那股甜，好像又更濃了一點。

我知道她以往都會在球賽的時候，坐在人群中，即使不知道是替誰加油，但，就是因為她在，我才會更想表現好，更有動力在球場上奔跑。

小樹，你知道嗎？都是因為你啊。

收了東西，拿起包包背在肩上，我下了樓，今天打算去上那堂被我退掉的戲概課，給奕微一個驚喜（雖然我不知道她會不會感到「喜」，也許連「驚」也沒有吧），也得把小籃球送給她才行。

下了樓，卻遇見了球經，她似乎是等了蠻久，一邊擦拭額邊滲出汗水，一邊走到我面前，也不知道她是怎麼知道我這時間出門的，硬是要跟著我去班上宣傳球賽，但我知道她的目的，恐怕只是為了看奕微吧？

我知道，我跟她都站在一樣的起跑點上，但我更知道，她有個優勢，因為她是女生。這場比賽，終點是奕微，但比的不是誰跑得快，而是奕微願意給誰冠軍。

奕微呀，這一次我跟她同時出現在你眼前，你會先看誰呢？

* *

同日，早上11點17分。

剛從教室出來，雖然擔心，我卻有另一種感覺，那是慶幸。慶幸奕微剛剛不在那間教室裡，這樣就不用自己親眼看見她的選擇，但……她是不是感冒又嚴重了，所以才沒來上課？

剛剛故意去找愉賢，請她幫忙跟奕微說一聲比賽的事，可我忘不了她投射過來的視線，我不知道怎麼具體形容，只感到背後豎起涼意，緊緊的包覆著我的脊椎。

看來，是在替奕微抱不平吧，畢竟，球經是跟著我一起來的。

就說啊，球經的優勢就是因為她是女孩子。

「午餐吃什麼？」電梯裡，她這麼問我。

「我跟別人約好了，」電梯門開，我踏了出去，禮貌性的給她一個笑容，然後立刻收起。「再見。」

其實，我只是去外面買了碗滷肉飯，拎著回到宿舍，一口接著一口吃著，思緒卻因為雙眼盯著小樹而飛遠。

香水還沒送出去……奕微，好希望你下午能在。

只要你在就好了。

* *

同日，下午2點30分。

比賽正式開始。

觀眾席並沒有被坐滿，認識的人坐在哪裡，我都是看得到的，我有看見宇澤哥和愉賢，卻沒有看見總是在愉賢旁邊的奕微……我的小樹。

「映軒，球！」

學長話音一落，我手上立刻多了一顆球，一個假動作轉身，向前運了幾步就傳給籃下的隊

友，知道進了球，轉頭回場的時候，我看著愉賢身邊的空位，突然有一種無力感爬上手腳。

她是不是病得很嚴重？以前任何一場球賽她都會來的……

球賽還在進行，我搶球、接球、上籃、防守、投籃……這些都是現在應該做的事情，我應該要努力跟大家一起奪下勝利，可是，沒有奕微在的球場，怎麼說服自己認真投入？

我的動力不見了。

「映軒，小心後面！」隊友的聲音在場邊響起，而我一個回頭，眼前就閃進一片黑，我下意識的收回剛從學長那傳來的球，卻被他一嚇，腳下一亂，失去重心……

我知道，是我沒有注意。甩了甩剛剛撐著身體的手，試圖忽略手腕處傳來的刺痛。我還不能下場，只要不是太痛，就必須繼續比賽。

可我好像輕忽了傷勢，也許比我想像中的嚴重，就算我已經刻意的不去用傷手去運球了，可接球的時候都能夠感受到那一陣一陣的疼痛，比剛開始的還要強烈。

失誤越來越多，犯規次數也快滿了，教練幾度要把我換下去，可是就剩幾分鐘，我想把上半場打完。

中場休息，聽到哨音的那個瞬間，奔跑的腳步停了下來，我環顧觀眾席一圈，抱著她可能坐在別處的希望，卻沒有找到她。

「你給我坐下！」

一雙手掌把我壓到椅子上，等我回過神，只看見球經蹲在我腳前，將毛巾掛在我肩上，腿上也多了一瓶水，看起來是剛買的。她拿出急救箱，拉著我的手仔細的擦藥。

不可否認，遇到隊上的事情，或是傷員，球經總是盡心盡力。

「你到底在做什麼？傷成這樣？」她輕捏了一下傷處，不可言遇的疼痛感立刻傳到我腦袋，我咬著唇，抑止自己叫出聲。

她好像知道我在忍，低下頭吹了吹有明顯外傷的地方，我收回了手。

「比賽結束之後記得去看醫生！別在學校裡看校醫！那校醫廢得跟什麼一樣。」喝了一口水，我第一次看到球經是這樣生氣的臉，所以說她對球員都是這樣上心的吧。「記得告訴醫生你有點扭傷！」

要是受傷的是奕微，我大概會比她這樣更擔心……我幹嘛假設呢？光是奕微感冒在家，我就已經足以讓自己心不在焉到受傷了……奕微呀，你知道嗎？你不在，對我影響多大。

下半場我沒有再上去了，也不可能再上去……接下來的幾場比賽，我想我也得在旁邊坐板凳了。不過，沒有小樹在旁邊看的球賽，我也不知道怎麼打下去了。

這樣，剛好。

*

*

同日，下午5點47分。

剛看完醫生回來，看著手上包得厚厚的紗布，我只能嘆氣，看來是有一陣子不能碰球了。累得只想躺在床上就這樣睡到明天早上，可是想想……雖然還是贏了比賽，但還是得跟隊上道歉吧，對於自己的心不在焉，還有讓自己受傷。

撕掉筆記本最後一頁的白紙，我拿起紅筆在上面畫了一個很大的問號，拿出手機拍下，上傳推特。

「今天，對不起……我只是找不到小樹。」我找不到我的動力。

沒幾秒，來了回覆，滿心期待的打開，沒想到是球經。「真是的，不過就是去買個水，回來你就受傷了！」

說到她，還是挺愧疚的，她那樣照顧整個球隊，我又一個傷員讓她操心。抬手，我在鍵盤上敲了幾個字。「抱歉啊。」

關了推特，我轉頭看著小樹，拿出那兩顆今天沒送出去的小籃球。

你知道嗎？我想讓你知道，你在我心裡份量有多重；想讓你知道，我一整天都在找你；想讓你知道，我滿腦子都是你。

只因為你是程奕微。

吶，你知道嗎？我就是這樣，明明猜到你有喜歡的人，也許那個不是我，可我卻還是死心眼的喜歡著你……

14 不如被愛死

5月26日，下午3點57分。

今天星期日呢，原本因為球賽的關係沒打算回家，現在受了傷，更不可能回去了。原本打算把期末考的書多少看一些，卻怎麼也集中不了注意力，從早上到現在，光是盯著小樹發呆就耗掉了半天的時間。

奕微呀，你還好嗎？

我看見了她昨天的推文……果然，病得很重吧？都說難受了。

奕微呀，有沒有好好休息呢？奕微呀……

本想昨天送出去的小籃球沒得送，還安然的躺在我的抽屜裡，真不知道要等到哪天才能送到她手裡了。說實在，現在想想，我送她香水做什麼呢？一個男生送另一個女生香水，莫

名其妙的。

告白？這麼突然？

「嗤，李映軒你想嚇誰了？」房裡就我一個人，自己問的問題，就像空氣在耳邊流過一樣，回答我的，是無聲無息。

翻了個身，我看著床邊的小樹，依舊挺拔、精神，可是奕微肯定不是這個樣子的吧？怎麼辦，好擔心……

想發文給她，可是她大概更希望球經的在意吧，有喜歡的人關心著自己，比什麼良藥都要治癒啊。像我這樣普通得不能再普通的「同學」，她又怎麼可能注意呢？

呀！李映軒！你想那麼多幹嘛？不過是關心而已！

就像宇澤哥說的，沒有人能夠阻止我喜歡她，因為控制感情的人是我自己。說也奇怪，宇澤哥最近常常跟我聊戀愛話題，說著說著就是一堆大道理，他又不知道我喜歡奕微。

這不是重點。

這樣簡單的關心，也是表現感情的方式啊！對！打電話！只是問候，打電話一點也不奇怪！

從書架上翻出了班上的通訊錄，把他名字後的一排數字小心翼翼的輸入手機，撥出。

「您撥的電話是空號……」

What?

我再仔細對了下號碼……沒錯啊，難道她換號碼了？

「宇澤哥！」幾乎是下意識的，我跑到隔壁房門前大喊，我知道，哥比我還要更熟奕微。

宇澤哥真的給我了，我沒想到這麼順利就拿到奕微的手機號，甚至她LINE的ID。

回到房裡，盤坐在床上，深吸幾口氣，一行字發出。「嘿，感冒好點沒？」

我幾乎是像膽小的老鼠一樣，發出了訊息後連看都不敢繼續看，回到好友夾，盯著的奕微的名字看。大概是私心吧……不是大概，我知道我這樣子絕對是私心，隨便改人家名字。

程小樹，奕微，你是我的小樹。

切回對話畫面，我看見訊息顯示已讀，可是卻沒有回音，想了想，也許是她不知道我是誰吧，因為我的暱稱上，並不是使用本名啊。

「在嗎？奕微？」不知道是不是第一次已經過了，發這句的時候，不怎麼緊張。

過沒多久，她回了。「映軒？」

她、她知道是我？好神奇……「嗯，是我。（笑臉）」

「你怎麼知道我的ID？」

啊……奕微不會是不高興了吧，畢竟是我自做主張。「跟宇澤哥要來的，順便有了你的新號碼……對不起喔，沒經過你的同意。」

「沒關係。」

幸好……她回得很快，至少知道她應該沒有生氣。

「身體還很不舒服嗎？你昨天沒來上課。」

「好多了……」

幸好……她一切沒事。「那就好，昨天看到推特還很擔心來著，你沒事就好。」

真的，你沒事就好。

訊息又是顯示已讀，我懂，以她一向對我的方式，等等回我的不是「謝謝」，就是單音節。可我不希望我們的話題只到這裡！

「昨天本來想拿東西給你的，結果你請假。」發出後，我想了想，繼續打著。「以為你會來看球賽，也沒看見你。」

「什麼東西？」

「（調皮的表情）秘密～」

不知道為什麼，看見她好奇我要給她的東西，我突然很想裝裝神祕，想讓她更期待，雖然她可能也只是隨口問問，但我樂意這樣跟她玩，因為……這是友好的開始吧。

又只是已讀，我真的害怕她會發來單音節。

「啊，球賽贏了喔，」說到球賽，以前幾乎每一場都會來看的她，這次缺席，應該告訴她結果的吧，儘管我知道愉賢一定會跟她說，不過自己說出來就是不太一樣的感覺，希望她比起球經更注意到我啊！「雖然你沒有來看，我還是想跟你炫耀一下～哈哈～」

「你的傷，還好嗎？」

她、她竟然……「你怎麼知道？該不會你在場？」按了個驚訝的貼圖給她，我想我的表情就跟這個圖一模一樣吧。

「我看了影片，怎麼那麼不小心……」

好暖……現在左邊胸口的這個溫度，是暖的，對吧？奕微在關心我嗎？是吧是吧是吧！好開心，真的，超級超級開心，我開始覺得受這個傷值得了。

看著手機螢幕，她發過來的十二個字，就憑這十二個字，我就好想現在告訴她，我喜歡她，我就是喜歡程奕微這個人，喜歡這個人透出來的溫暖。不過……現在還不行吧？可我忍不住怎麼辦？好想告訴她……一點點、一點點就好，釋放感情。

「就……找不到小樹啊，從早上開始就一直找不到，整顆心都在它身上了。」

抬頭，看著床邊的小樹，我笑。「呀，也許奕微以為我只是在說你呢。」

再次低頭，剛好看見她的回覆：「小樹不是跟你解釋過了嗎？不在的原因。」

「是啊，還以為出了什麼事呢，幸好後來找到了。」幸好你只是在家休息……

等等！解釋？難道奕微知道小樹不只是小樹？難道她知道小樹是指……還是她以為我在

說別人？

「嗯。」單音節出現了，果然是程奕微。

這次，我不想解讀成冷漠，她是病人，應該累了。「好啦，我不打擾你了，你早點休息吧。」

其實，我好想繼續聊下去。

「你也是。」

也許她可能猜出小樹是一個人，但我算是達到一點目的吧，既然她知道小樹是指一個人的話，那我得努力讓她知道，我的小樹，就是她。

看著剛剛聊天的畫面，充滿著樹先生與程小樹的對話，一來一往，樹先生有了程小樹的關心，怎麼看怎麼順眼，嘻嘻嘻。

程奕微，程小樹，我真的好喜歡你。

扯過棉被包住小樹，將手機固定在書桌上按定時，自己趴到床上盯著，我想我現在應該連眼睛都在笑吧。

照片上傳推特。「小樹不要再著涼囉。」

程奕微，我認識的人中，只有你感冒啊！

＊　＊

同日，晚上9點50分。

剛洗完澡出來，毛巾還在頭上呢。

下午不知道怎麼了，跟奕微聊過之後，好像放下了什麼擔子一樣，專注力變高了，可以很心無旁騖的念書，直到剛才念到了一個段落才決定休息的。

開了推特，雖然早就預料到會有一堆吐槽的留言轟炸那則推文，可是我替我家小樹保暖又關你們什麼事了？

「現在夏天耶，會悶死喔。」

回覆提示又在閃，等我重新整理後，奕微的名字躍然於眼前。我有看錯嗎？她在跟我開玩笑耶！

「你還說呢！病人快休息！」我回了，大概是興奮了，打字特快。

「我在說樹！」她也回得很快，能這麼精神，真好。

「我在說你！」

她回了我一張大笑臉。

我是故意的，想讓她知道小樹就是在指她。

提示燈又閃，我以為還是奕微，可沒想到按開時，卻是球經。「小樹大概不是被熱死的，而是被你的眼神暖死的。」

很奇妙的，雖然我當球經是情敵，但她每次留言的話，都像是在替小樹回應我似的，而我會好希望奕微在看見我的推文時都能有跟她一樣的感覺。

「有嗎？」

球經：「（幸福的表情）」

「不行啊，怎樣都會死，那不如被愛死。」

幸福啊……奕微會不會也這麼想呢？

按回首頁，本來期待著奕微也許會發些什麼推文，因為那樣我才會知道她現在的心情。

可是，我看到的是什麼？

「想一輩子困在你的視線裡。」附上一張顯微鏡的圖。是幾秒前，球經的推文。

而，奕微的比她早一些，疊在她的下方。是一張籠中鳥的圖片，上方簡簡單單的一行字——「愛你，被關著也心甘情願。」

有誰可以告訴我，這是什麼情況？一個被困著、一個被關著……

按開奕微推文底下的回覆，我覺得我這輩子沒這麼手賤過了。

愉賢：「嗯不嗯啊？你們兩個。」

奕微：「要你管？」

左胸好像被踏破了一個窟窿，冷風灌進去，只有刺寒，在這應該炎熱的夏天。不是早該知道的嗎？奕微喜歡球經、球經喜歡奕微，最後只剩我一個人開心、一個甜蜜、一個人幻想，再一個人難過、一個人苦澀、一個人幻滅。

可是怎麼辦呢？程奕微，感情是我的，我就是這麼喜歡你啊……

15 小樹，對不起

5月27日，早上5點33分。

一如往常，今天還是得上班，聽說上禮拜因為我要補課而請假，缺了一個人還找不到代班，店裡忙翻了，等等進去，大概又免不了被念一頓了吧。

綁好了鞋帶，坐在門口，我知道還有半個小時才上班，這個時候出門，真的有點太早，可是我真的沒辦法繼續待在這個房間裡，好像越來越窒息，壓迫得快要爆炸。

昨天那樣跟奕微聊天是很開心啊，但……

我想轉頭看向小樹，卻沒有這麼做。開了門、背起包包、關門、鎖門、下樓。

我想我是期待的，畢竟兩天沒有見到她。可是見到她能幹嘛？學不了她那樣裝死，我就是在意、在意她的心在另一個女孩身上，而我就算在意這麼多又能改變什麼？「她」和「她」，不可能夾著一個「我」。

站在樹下，那棵我跟她初遇的大樹下。將手機拍照定了時，放在地上，然後站起身，視線停在樹枝上正在相互打鬧的麻雀。

好羨慕牠們。

拾起手機，按開推特，將相片上傳。

「樹啊，我不懂我的小樹。」

*　*

同日，中午12點58分。

程奕微，你知道嗎？我就是這麼喜歡你，死心踏地。你也許根本不把我當回事，可是我就是忍不住想早一點見到你，即使……只是碰運氣。

我知道她這個時間會在圖書館，而且最喜歡待在6樓，靠窗的位子，卻不知道是哪扇窗。隨便選了一個窗邊的空位坐下，僅管見到面的機會微乎其微，但是只要想著在這段時間裡，能跟她處在同一個空間就好幸福。

李映軒，你大概一輩子也別想對程奕微免疫了。

其實這個時間我也不知道該做什麼，平常這個時候，我大概都在宿舍裡睡覺的，現在開了筆電，想說寫些東西，卻一點靈感都沒有，滿腦子程奕微。

等一下！

有時候我還挺慶幸自己煩躁的時候習慣東張西望。書架另一頭趴在桌上的那個人……是奕微吧？怎麼看怎麼像，可惜看不到臉……啊！對了！

拿起放在桌邊的手機，在LINE上找到「程小樹」。

「現在在幹嘛？」我按下發出，轉過頭盯著另一頭的身影。看著那個趴著的人拿起手機，又突然坐起身子。

滋滋……手上的震動拉回我的注意力，是奕微回覆了。「沒幹嘛，怎麼了……？」

「嗯。」轉頭，我又看著那個人，是她，我的小樹。

我放下手機，正起身想去找她，卻看見她站了起來走進書架中，戴著口罩只看得見兩個大大的眼睛轉啊轉的一邊思考的樣子，好可愛。

圖書館、書架中，這怎麼讓我有種電影場景的錯覺？在圖書館的初戀之類的，你掉書我撿書，手指碰手指，還有害羞的笑容……不過，現實是現實。

繞到她會經過的柱子旁邊等著，等她接近，我立刻閃身出現。

「哇！」

「噓……小聲！」

下意識的看看旁邊自習的其他人有沒有在看我們，不過大概是在書架中間，沒人注意到。我轉過頭看向奕微，卻發現她睜著一雙眼睛盯著我，好像想說什麼，我才發現我摀住了她的嘴，這姿勢根本就跟把她抱在懷裡沒兩樣，尷尬的笑了笑，可是……好害羞、好開心、我抱著她耶剛才……我這是心花怒放了嗎？哈哈，就當是吧！

放開了她，我指了指我自己的座位，想讓她知道，我就是在那裡發現她的。「剛剛發現你在那裡，可是又不確定，所以才LINE你的，果然是你！」

「嗯，是喔。」

拉著她走回位子，我突然很想到她對面坐著，像偶像劇那樣。「你對面那位子有人坐嗎？」收到剩下剛剛從書架上隨便抽出來的書，拿在手上。

轉過身，發現她在看我受傷的手，然後搖搖頭。

「走吧！」我可以當作她是在關心我吧？

「嗯？」

「跟你一起坐。」

「呃……」

其實我連理由都想好了，如果她問起為什麼，我就說方便要上課的時候互相提醒，不過……我自己也知道爛透了。

我瞄了她一眼，發現她有些驚訝，不過我才不想管這些，我只想多利用時間佔據她身邊的位子，在她抬頭就能看見的地方坐著。拉著她走到她位子上，我在她對面的空位上放下書包，又示意她坐下。

她到現在似乎還有些愣，但我喜歡她這個表情，呆萌呆萌的。可是她一直看著我，害我不知道該怎麼辦，啊……作業，對，可以寫作業……

於是我裝起了乖學生，不對，我本來就很乖……只是奇葩的寫起了最討厭的英文作業。

好希望時間就這樣停著，就只在這一刻，我們面對面，好像沒有交集，卻可以聽到她的呼吸聲，知道她在我身邊，沒有其他人干擾。

「映軒……」

聽到她叫我，我抬起頭，潛意識的不想讓這樣寧靜的氣氛被破壞，伸手敲了敲她的筆電。「專心。」

可是沒過幾秒，手機的震動就引起了我的注意，滑開一看，是奕微用LINE傳過來的。

「你們球經呢？」

球經……果然，看到我就只會想起她嗎？我抬頭看了看她，低頭又開始打起字。「很重要嗎？」

發完後，我的視線停在她身上，好想知道她到底有多喜歡球經，好想知道她是不是在利用我，好想知道她到底把我當什麼？呀，程奕微，難道你就看不出來，我喜歡你嗎？她躲開我的眼神了，大概是心虛了吧，怕被我看出來她喜歡誰嗎……吶，程奕微，我能不能自私點，不告訴你有關球經的任何事情？這樣……

你會不會多注意到我一點？

* *

同日，下午3點16分。

跟奕微一起從圖書館走向球場準備上體育課，已經上課了，可是我就是不想我們兩個獨處的時間這麼快就結束，故意放慢了速度，然後驚喜的發現奕微在配合我。

我喜歡現在這樣，沒有人說話，安靜，卻好幸福。

「映軒！」是誰啦！破壞氣氛！

抬頭，我看見前方不遠處，球經站在球場入口，大概就是她在叫我了吧。「嗯？你怎麼在這裡？」奇怪耶，什麼時候不出現，偏偏這個時候呢？奕微在我旁邊啊！

我想我大概問得很不耐煩吧，回頭看了眼奕微，真是不想讓她跟球經這麼接近。「奕微你先去吧。」讓奕微先進球場，而我走到球經面前，想擋住她的視線。

我知道這樣很卑鄙，但我就是不想要她們有所接觸，我忌妒！

奕微點了點頭，可是移動的速度似乎比剛才更慢了。果然……還是會想看看心上人的吧？

「我來盯著你啊，怕你忍不住又下場打球了。」

確認奕微進了球場跟同學們聊天，我才回神將視線移到眼前這個，大概又是故意拿我當藉口出現在這裡的大情敵。「你不用盯著我，我能顧好自己。」

「可是我擔心啊，不行啦，我得盯著，免得教練又說我沒照顧好你。」球經想拉起我的手，被我閃開了。

「可是你老出現在我們班上，我會很困擾啊，」我頓了頓，發現她的表情有些受傷，又有些不忍心，一個女孩子，我總不能說得太狠。「而且你又不是我們班的，出現在這裡有點奇怪。」

「那……」她偏著頭像是在思考，我真希望她能夠識相一點直接離開，不然我不知道我

會講出什麼傷人的話。「你真的能夠答應我會照顧好自己？」

忍住想要翻白眼的衝動，我點點頭。「好啦，答應你，你快走吧，我要上課了。」

「嗯，那等你下課我再來找你。」

「好啦好啦……」

我推著她讓她離球場遠些，確認她沒有跟在我後面才走進球場，看著在場上熱身的奕微，我放下書包和手上的東西，耳邊傳來同學的起鬨聲。

「李映軒，剛那美女來找你的啊？」

「幹嘛？羨慕？」

我沒好氣的回應，接過同學傳來的球，單手射籃，進。美女……再美我都不感興趣，因為她不是程奕微。

「喂，你不是受傷？」

老實說，被奕微這樣關心著，我真的覺得就算今天我的手是斷掉打石膏，我都會下場打球，因為有她。「你難得下來行光合作用，我當然得下場啊！」

我用沒受傷的手去弄亂她的頭髮，對於這樣小小的親密，我知道我現在笑得合不攏嘴，即使奕微退後了一步躲開我，但我就是高興，我的小樹在關心我。

「噗……」

轉頭，我看見趙愉賢一邊噴水一邊掛著那樣莫名其妙的笑容，突然有種毛骨悚然的感覺。這傢伙是不是知道什麼？

「放心吧。」話是對奕微說，而我把球丟給愉賢，我想這人大概有猜出幾分吧，就憑那個光合作用，趙愉賢這麼聰明……

我們班打球分隊一向撿現成，像今天這樣，場上十個人，剛好五個人穿白衣，就這樣分完了。我跟奕微不同隊，就因為她穿著白色T恤，而我不是。

若是場上只有男生，大家都會顧慮到我手受傷而少傳球給我，可是現在場上有女生，雖然也不能說她們不會打，可是實力總是有懸殊，而且她們拿到球都會直接傳給我，單手打球我是沒有關係，只是這樣混亂的場面，連我自己也會怕。

不過就因為大家都傳球給我，卻讓我發現了奕微一直不斷的跟我搶球，總是搶在我前面攔截，似乎有點拚命。我知道她打球實力不錯，運動神經其實很好，可是她今天很反常，搶球好像並不是為了分數，因為她都只是拍掉，已經好幾次界外了，要是搶球不小心碰到我，也立刻道了歉，比賽才剛開始沒幾分鐘，我已經聽到她不下十次的「對不起」了。

一邊跑，我一邊看著在我不遠處盯著球的她。她這樣老搶我的球，該不會……是因為我的手吧？

「映軒！」回神，球正朝我飛來，剛伸手要接，一個重量就壓到我身上。

死定了！我將受傷的手護在胸前，在失去重心的時候側了個身讓背先著地，說真的，即使這樣也很痛。

「映軒，你還好嗎？」睜眼，是奕微在我面前。剛剛大概……是她又為了搶球才撞到我的吧？

這傢伙是在保護我？「我還好……你真的很拚命耶！」想到這裡，不知怎地又好開心，如果我管不住我的嘴角，真的對不起了。

「沒事就好……」她嘆了口氣，站起來的同時也把我拉起來。「嘶……」

「怎麼了？手痛？」我看著她皺成一團的五官，直接就想到了她剛才拉起我的手，一定是傷到了。沒敢放開她的手，拉著就開始檢查，雖然沒有外傷，但應該有扭到。

「沒事啦，剛剛撐了一下。」她轉著手腕，看起來沒什麼大礙的樣子，不過，不能放心，我不要她跟我一樣受傷。

所有東西都可以擁有一樣的，但是受傷絕對不可以！「我們還是休息吧，我也不能打太久。」我推著奕微走向場邊，而其他人也無所謂的各自散去。

我走到看台上，回頭看了眼不遠處站在太陽底下擦汗的奕微，也許她就是適合這樣，在陽光下耀眼的。

拿出手機，想把這樣的她拍下來。找到了相機功能，打開，我將鏡頭面對奕微，按下快

門。偷拍什麼的，以後再求她原諒吧，這可是難得可以拍到這樣行著光合作用的小樹啊！

「呀，陪我去買水，好渴。」

「嗯？等一下……」

剛收起手機，就聽見奕微喊渴的聲音，雖然她在對愉賢說話，但我想也沒想的就跑到她面前。「奕微！我陪你去！」

自告奮勇沒為別的，就是想再一次跟她獨處而已。

「走吧走吧！」我看看老師沒注意到這裡，就直接拉著她撥開場邊的樹叢跑出球場……明明還沒下課呢。

「哈哈，這樣好像高中翹課的感覺。」身邊傳來她的笑聲。原來，她跟我想的事情是一樣的，我們，翹課了。

「有耶，哈哈哈……」我回應著。好吧，即使路程就這麼短，幾句笑鬧的距離，我卻因為我們所想雷同而又開始禁不住開心了。

外面太陽太毒，我們剛走進便利店，空調的涼意就直接拂面而來。

「請你喝飲料吧，想喝什麼？」冷藏架前，我本來正打算自己掏錢買點什麼請她，她卻先開口了。

我有些意外，轉過頭看向她，入眼的卻是她好看的笑容。

喂，程奕微，你知道笑得這麼迷人是犯規嗎？

似乎是因為我一直沒有回應她，她轉頭……啊啊啊，她轉過來了……。躲開她的視線，我隨手拿了瓶果汁就遞給她。「……謝謝。」

心跳……可以不要跳這麼快嗎？裡面的小鹿要撞死了啊啊啊啊啊啊！

讓她一個人去收銀台結帳，而我憋著氣走到外面，然後將所有憋著的氣全都重重吐出。媽呀……程奕微你的眼睛、你的笑容……

出了便利店，我可以感覺到她走路的速度很慢，有些欲言又止，我咬著吸管，想問，卻又怕她說出什麼我不想聽的事情……至少我的預感是這樣的。

「映軒。」

「嗯？」我努力的吸果汁，專心的注視前方，可是眼珠子就是忍不住偷偷瞄她。

「你覺得……」她含著吸管，講話有些含糊，但不至於聽不懂。「你們球經怎樣？」

球經，又是球經……我還真寧願我剛才並沒有聽懂她在問什麼。我停了下來，看著她，她這樣問我，是在打聽什麼嗎？「你覺得呢？」

「我……」她閃開了我的注視，又是心虛了？「長得很漂亮、很可愛，看起來也很貼心……」

很漂亮、很可愛、很貼心……這是大家眼中的球經，果然奕微眼中，也是這個樣子的。

當然，這都是實話，沒得好反駁的。

「的確……」我點點頭，繼續走著，並不想接下去這個話題。如果不是她提到球經，我真想現在把那顆小籃球香水送給她。

「對了，你昨天不是說有東西要給我？」

再一次的，我發現我們兩個又想到了一塊去。

「映軒！」才剛要張口說我等等拿給她，就又有人叫我了，我認得這個聲音，就是我們剛剛談論的人，而她正緩緩的朝我們的方向走來。

我看了看奕微，而她正好也轉頭看向我，而我瞥開眼，不想看見有任何欣喜的情緒出現在她臉上。「……我忘了帶，改天給你。」

有球經在，我就只能想到那個小籃球是跟球經一起出去的那天買的，想送禮物的心情被她這麼一叫都嚇跑了。

「喔……」我聽出她語氣裡的失落，卻不知道是因為球經只喊我的名字而不喊她，還是因為我沒有給她東西。

「樹先生！」

身後，是奕微的聲音。比起球經喊我名字時的甜膩，奕微清爽的聲音好像可以散去什麼陰霾似的，何況她還是喊我「樹先生」。

小樹在喊樹先生。

轉頭，我卻看見她舉著左手掌，不是她受傷的那隻手。她這樣是要幹嘛？

「High five，今天跟你一起打球很開心。」

「嗯，我也是。」

拉起笑容，對於她這樣頭一次對我做這樣朋友間才會有的舉動，我想我是開心的……雖然球經就在旁邊看著。

啪！掌聲在空氣中響亮。

我看著她笑著離開，卻也將她經過球經時的小眼神也捕捉了下來，當然球經也看了她一眼這種小動作，我也看得一清二楚，那些都是什麼情愫，我不想知道。剛剛跟她擊過掌的手還存有她的餘溫，還有她的汗水，只是我有這些好像不太知足呢，我想得到的，是她的心啊！只是她的心，不在我這裡。

視線轉移，回到球經身上，莫名的就有一股怒火在悶燒。「呀，不是讓你別來了嗎？」

「你們班的人說下課了。」

言下之意就是在說，她就在附近等著我們班下課的時間，一下課就出現在這裡，目的，當然就是剛才跟她擦肩而過的人，只是又拿我當藉口。

「真的夠了，你以後不要出現在我們班上！」看著跟愉賢走在一起說說笑笑的奕微，那樣愉快的背影，要不是球經，我大概也可以站在她的另一邊，陪著她去搭車再回宿舍。

「映軒……你生氣了？」球經大概被我嚇到了，聲音小心翼翼。

看著她，我才知道自己的口氣有些衝得過火，刻意的壓抑住火氣。「沒有，只是我同學會一直誤會我們的關係，我不想以後看到你都尷尬。」

我不想奕微誤會我們兩個的關係，但……這只是原因之一，最大的因素，是我的自私，球經和奕微，最好不要再見面。

「我、我知道了……」

「嗯，再見。」

* *

同日，下午6點07分。

剛吃過晚餐回到宿舍，一進門就看見陽台邊的小樹，今天發生的事情全部又衝向腦門，狠狠的撞擊。

我在氣，是的，我是在生氣。我在氣我自己忌妒、我在氣我自己自私，可是又能怎樣？

將書包丟在床上，我隨手抽出一張早就用不到的講義，翻到空白的背面，隨便畫了一張

地圖，再拿出黑筆寫上大大的「藏寶圖」三個字。

將那張爛地圖包在小樹的枝葉上，拿出手機拍下，上傳。

哼，我就算是忌妒你們之間的情愫也得這樣躲躲藏藏，我到底算什麼？

「小樹，對不起，原諒我的自私。」

奕微，對不起，我想自私的把你藏起來，不讓「她」找到。

16 我的小樹不是我的

5月28日，早上7點31分。

不用上班的早晨，難得可以慢條斯理的坐在學校餐廳把早餐吃完，難得可以用力的呼吸一下那有些涼意的清新空氣。多吸一些，看能不能幫心透透風。

昨天……我的確是太激動了些，對奕微抑或球經。可我並不想向球經道歉，畢竟，我有我的立場。只是奕微……昨天我那樣趕走她喜歡的人，等她知道了之後，會恨我的吧？

可是能怎麼辦？程奕微，我就是見不得你變成別人所屬，聽不得哪個甜膩的聲音向全世

界宣布你是她的。我知道，我自私、我蠻橫，卻只是因為我喜歡你，只此而已。

處理了垃圾，我轉頭，看著早餐店越來越厚的人牆，想試著找到她的身影，但眼神怎麼穿得透每個角落呢？搖了搖頭，走進地下道。

早上第一節課的教室，得鑽入地下道走到系館，再搭電梯到四樓，穿過空中走廊到另一棟大樓……而我，一如往常的這麼走了。

其實我一直很喜歡那個空中走廊，因為那裡離大樹最近，可以從高處看看大樹的另一個面貌，就像現在，只是站在窗邊，也會因為盯著它，而有一種被安慰的感覺。

大樹，一直讓我感到很安心，不像小樹……奕微？站在樹下的那個，是奕微吧？

「奕……」我想喊她，卻在看見她一臉若有所思的去撫摸樹幹時，急急的將話收回喉嚨裡。

從上方這樣低頭看著他，好像回到了第一次見面的那天，一切都是從這裡開始的，樹上樹下，相似的白襯衫黑領帶，那時的我、那時的悸動……

只是至今我不懂的，還是她、她的心。

看著她走遠了幾步停下來，拿起手機對著樹拍。我實在是不懂，這棵樹對她的意義，跟我有沒有關係？

她走回樹下，卻低著頭盯著手機，手指在上面快速移動著，是在打字？

我也不知道怎麼了，我就是覺得，她在發推特，而我，猜中了。

「我想我也需要養一棵小樹。」附上的，是大樹，估計是她剛才拍的相片。

「為什麼？」看到她發這樣的狀態，我真的不明白，這棵樹，甚至是小樹，在程奕微這個人的心裡到底是怎樣的一個存在。

「就只是想而已。」很快的，她回覆了。

想……？她知道我的小樹是指一個人，那她想要的小樹，是球經嗎？是吧？是吧？可是我的小樹，怎麼可以說養就養？

「小樹只有我可以有，那是我的專利！」

那是我跟你共同的回憶，也許你不記得，但是無論是這棵樹還是小樹，對我來說都很重要！程奕微！你只能是我的！

然而，我看著她站在樹底下帶著那樣絲絲傷感的表情，手裡握著手機卻再也沒有回音。心疼了……卻也忌妒了。

李映軒，你憑什麼說小樹是你的？憑什麼不讓奕微去追求她的幸福？看看你的占有欲，程奕微不是你的，你應該嗎？你有什麼資格？你是誰？你算什麼？

可是我的幸福，我也想追求啊。程奕微，也許我們得一直這樣繞圈圈了，直到球經對你點了頭，或是……

你對我點頭。

*　*

同日，下午1點07分。

「喂？」是球經打來的電話，在現代文學課前三分鐘，而我還差幾步就要走進教室。她說有些話想對我說，我想，有些事情是該說開了……即使她是女孩子，我還是想跟她公平競爭，因為每個人都有追求幸福的機會。

「那就……球隊辦公室？」掛上電話，我轉身又跑下樓梯。

直到走到球辦門前，我才知道我有多緊張，因為這是第一次，我得向自己以外的人說出自己對奕微的喜歡。深呼吸，我已經做好了準備。但我卻沒想到當門開了以後，承受的居然是一場烏龍的衝撞。

「映軒，我喜歡你，像你喜歡我那樣。」

轟！好像有好幾顆炸彈炸在我腦子裡一般，這訊息量太大了，我有些反應不過來，看著她。

「我什麼時候說我喜歡你了？」

「你不是說你很愛你的小樹……？」她一臉納悶，而我想我的表情大概也是這個樣子。

「小樹不是你啊！……呃……」

我想，我明白了什麼。

「映軒？」

「對不起！」

看著她愕然，而我只覺得愧疚萬分。「我一直以為你喜歡程奕微，所以今天本來是想要跟你攤牌，可是沒想到你……」

「程奕微，是誰？」

「你不認識她？」我盯著球經，看見她搖頭，剛剛的笑意全垮，只剩下驚異。

球經不認識奕微、球經不認識奕微、球經不認識奕微……

「映軒，你到底要說什麼？」我看見淚，在她的眼眶裡打轉。「小樹不是我到底是什麼意思？程奕微又是誰？」

我嘆了口氣，拿出手機滑開螢幕遞給球經，畫面上，是昨天我偷拍的照片，被我設成桌布，陽光下的奕微。「她就是程奕微，我喜歡的人……也就是，小樹。」

「你、你以為我是……同性戀？」

「呃……」沒有預料到會是這樣的反應，但我的心很冷靜，選擇了不回應她的問題。

「所以很對不起，我不能回應你的喜歡，因為我喜歡的人是她。」

球經將手機還給我，退了幾步到門口，開了門，跑出去。

我沒有攔她，我知道她很難接受，但……球經一向理智，她會懂的。

* *

同日，下午3點15分。

球經跑出去後，我還一直待在球辦裡沒有去上課。

我想了很多今天以前的事情，包括奕微對球經的好奇、愉賢對我的瞪視，甚至去翻了推特，才發現球經和奕微根本沒有互相follow，她們，根本不認識。

為什麼我現在才發現？

而奕微的推特，我也把所有收藏的找了出來，一則一則的看。其實看不出什麼，她一直都是隨心所欲的，用各種字句或是圖片去表達自己的心情，可是一但跟自己的作比較，卻有大部分的，都好像是在回應我一樣，只是很不明顯，真的不明顯。

如果要這樣想，奕微是不是也喜歡我啊？可是她一直都對我很冷淡啊……走到服務學習（所謂打掃學校的美稱）的集合地，我站到了奕微身邊，看了看她，又轉頭去看不遠處的大樹。

「李映軒……映軒？李映軒！」

「在這裡。」

聽見點名，我只是舉手回應，視線卻沒有離開大樹。想起早上奕微站在那裡，心裡竟然有種雀躍的感覺，只是雀躍之中又帶著強烈的不安。

「映軒……」

聽見奕微叫我，我轉頭看向她，卻發現她的視線在我身後，像是故意避開的。「嗯？」

「早上發的推特，我沒別的意思。」

「……嗯。」

我不能確定她是不是喜歡我，只能不斷的猜測。

「我說的小樹，不是你的小樹啦。」

「什麼意思……？」你說的小樹，不是我的小樹？我繞到她前方，只想問清楚。

「嗯，就是……我們說的小樹，不是同一個，所以……不要誤會，我真的沒別的意思。」她說得很慢，甚至有些結巴，可是我聽懂了。

那，你說的小樹，是我嗎？大樹啊，你告訴我今天早上奕微在想什麼好不好？

我轉過身去，看著大樹的枝葉在風中搖曳。

「映軒，對不起啦……我們，還是朋友吧？」有些儒軟的聲調，像是撒嬌一般，還有手上被她握著的溫暖，讓我突然好不想放開，因為這是第一次，奕微拉我的手。

「朋友？」我轉過去看著她，卻也發現了某些同學的視線，即使不願意，也得將她的手撥開。也許當朋友，會是另一個開始吧？

「嗯，朋友。」釋然拉起了我的嘴角，自從知道了奕微和球經不認識之後，好像雲霧散開的感覺，我好像漸漸的能看清楚奕微了。

朋友，也可以變男朋友的，如果你也喜歡我……

＊　＊

同日，晚上11點05分。

我看著奕微早上發的推文，一群人都叫她不要學我。我知道我是開心的，因為所有人都知道我是多麼在意我的小樹，所有人都知道小樹是我的專利，就像我早上跟她說的。

只是他喜不喜歡我，我不想只是猜測。

將我的梳妝鏡搬到小樹旁邊，它們倆一樣的大小，鏡中可以完全映著小樹，正是我想要的樣子。退了幾步，我拿起手機拍下，爾後上傳推特。

「我的小樹不是我的。」既然我們說的小樹不一樣，那麼小樹你照照鏡子，看看我的小

樹是誰。

奕微，抱歉啊，我得試探你。

17 最幸福的事

5月29日，下午3點20分。

我實在是不懂學校老是要我們去聽一些奇奇怪怪的演講幹什麼，何況這次又拿我們的班會課說要湊人數是哪一招？看門口那樣大排長龍，到底是找了多少個班來給面子？現在好了，人爆滿了，進不去了……想想這樣也好，倒是得了意外的空閒。可是從剛剛開始就一直沒有看見奕微，是在裡面嗎？

「哎，班導說沒進去的可以走了，李映軒，你要跟我們一起去吃東西嗎？」

我搖頭，回絕了同學的邀請。看來奕微不是早就進去了，就是已經離開了……那我呢？難得來這麼高的樓裡，這裡又有桌椅，寫文剛剛好。

找了個窗邊的位子坐下，打開筆電，這裡的景觀真的很好，可以看得很遠……總算知道

她為什麼這麼喜歡坐窗邊了，可以看到的東西很多，給予心靈一種很平和的感覺，很愜意、很舒服。

帶上耳機聽聽音樂，旋律有些淡然，卻剛剛好適合現在的氣氛和高度，情不自禁的就會一直想到她。雖然很想馬上知道她對我的感覺，可是太心急好像會把她嚇跑，昨天發的推文，不知道她會不會回我……如果回了，會是什麼呢？

開了推特，按開不斷閃動的提示，一眼就看見她的回覆：「是你的就是你的。」

這是什麼意思？小樹是我的就是我的，是在說你是我的嗎？哈哈，如果真的是這樣就好了……

「真的嗎？」從電腦的LINE上發出，自從有了奕微的LINE之後，我好像就常常沒辦法等她回我推特了，擁有跟她溝通的這一個小小的視窗，每次打開都萬分幸福。

沒幾秒，她回了一個點頭的貼圖。

我雙手放在鍵盤上，快速的打著：「你真的知道我在講什麼嗎？」

程奕微，你真的知道我的意思嗎？你那樣回覆我的推文，是在承認你是我的……我可以這樣想嗎？

「我們在講不一樣的事情嗎？」她回了。

「不管，我當真了。」

好想就這樣當真，好希望你的意思就是我的意思，小樹是我的就是我的……啊，好開心喔，光是這樣想……

*　*

同日，下午5點52分。

其實我本來可以不用再來泳池第二遍補翹課兩次的時數，但上次在這裡遇到奕微，怎麼也沒辦法克制自己想接近她的衝動呢。

算了，反正今天也挺熱，當消暑吧……不過這時間來的人那麼多，要是其中一個人是……奕微？

剛剛下水的那個人……是她！

好巧喔……。想也沒想的，我從她旁邊的池畔跳進水裡，看到她在躲水花，就忍不住惡作劇心理，多潑了幾下。

「哇！是我！」

「啊！」

我拉開她摀著臉的雙手，想給她一個驚喜，卻害他一臉驚恐地撞到後面的牆。

「痛……」只有驚，沒有喜了啊……

「啊哈，對不起喔。」替她揉揉撞疼的腦袋，心裡好抱歉，卻又覺得這樣的她好可愛。

「沒、沒關係！」她移了移位子，我才發現我們的姿勢有多曖昧……我的右手還拉著她的左手，怎麼看都像是我把她抵在牆上。

連忙放開了。不過……她剛剛是害羞了嗎？

「你也要補時數嗎？」在她右邊靠著牆蹲下，我幾乎可以感覺到她離我真的好近好近。

呃啊，臉好熱……

「嗯，兩個小時。」

兩個小時，跟我一樣。「上次愉賢來補的時候，你怎麼不順便？」是吧？明明都要補的。

「你上次來補考的時候，怎麼也不順便把時數補一補？」

噗，我沒想到她會反問回來。「好問題……」上次本來想補的啊，可是我會說是因為想跟她一起吃飯，所以補時數什麼的就變成浮雲了嗎？

「那天我特別餓，想快點吃飯。」

「你還說呢，那天愉賢氣死了。」

我笑，其實那頓飯我還是自己付了錢。

轉頭，我看見她撐起身體，手伸長了好像要拿浮板的樣子。該死……她不撐出水面我還沒意識到她只穿了件泳衣這件事，胸、胸口……「你待在水裡就好，別讓肩膀以上露出水面，會冷的。」

我把她壓回水裡，替她拿了浮板，卻發現她在看我。啊……你不要用那種眼神！

「拿去！」我只是擔心她感冒還沒好、我只是擔心她感冒還沒好、我只是擔心她感冒還沒好……

「謝謝。」

「不會……」啊……程奕微你幹嘛趴在浮板上這樣太萌了你知道嗎！

呼，為什麼我會覺得有點喘？明明沒有游泳啊。真是的……害我不知道要說什麼話了。

不，老實說想問的還是有的。

「奕微！」

「映軒……」

我愣了下，見她臉上也閃過訝異。

「我想問你……」

「我有話……」

這樣，算是一種默契嗎？

「你先說吧。」

此刻，我是多高興她讓我先說，因為我怕她又問起球經，儘管已經清楚她們根本不認識。「我是想問你……為什麼也想養小樹了？」

她沒有馬上回答我，可是等待答案的時間卻是那麼的令人心慌，等待果然是漫長的。

「因為喜歡啊！因為我愛他！」

靜默之後，我聽見她微微的吸氣，好像什麼隨即呼之欲出，卻在她的聲音撞擊耳膜時，彷彿掉入另一個深淵。

「是喔。」

他？她？它？牠？奕微呀，你是指那個呢？這裡面，有我嗎？

* *

同日，晚上10點05分。

上傳一張好久以前拍下來的照片，是我趴在桌上，雙手圈著那時還是幼苗的小樹，陽光讓小樹看起來好溫暖。

「我最幸福的事，擁有小樹的日子。」

我想，就算一廂情願也好，是你說……小樹是我的。

18 你，喜歡我

5月30日，早上10點48分。

奕微是不是遇到瓶頸了？她的文好久沒更了，還一直卡在令人抓狂的點……不過我自己也沒資格說她。關掉小說網的頁面，我揉了揉眼睛，一定是盯著電腦盯得太久了。打開推特，每次心煩意亂的時候都會想來找找她的身影，有時候看著看著心情就會平靜下來，但現在似乎還沒有新的狀態呢。她最近不太發推文，我有發現。

再怎麼翻也沒有找到一點痕跡，我才甘願去看那些每次都用吐槽的口水洗爆我的回覆。不過有個卻吸引了我的注意力。

某：「樹可以活超久，李映軒你就永遠跟你的小樹談戀愛吧。」

從來沒有人吐槽吐得這麼有sense的。

點下回覆框，標記了這位同學：「我也這麼打算……」

如果可以，我也想跟我的小樹談一輩子戀愛。

哈，我想我知道我可以寫什麼了。小樹、奕微！你看，又是你給我靈感！

*　　*

同日，下午4點41分。

「好，我馬上去！」掛上電話，我走回電腦前把剩下的稿子發上網去更新。

打來的是宇澤哥，他要我去幫他試吃他剛學會的南瓜蛋糕，聽起來有點可怕，但我從早上開始就沒吃什麼，等我更完文已經傍晚了，現在才覺得超級無敵餓，有現成的吃就很感激了。

「哥，我進去了喔。」敲了敲宇澤哥的房門，我就自己轉開了門把。

門開，撲鼻而來的南瓜味……我沒有嫌棄的意思。

「來啦？先坐著，我快好了。」

其實不用他說我也會直接坐下。掏出手機，打開大半天都沒看的推特。

「愛上你不是一定，愛你卻絕對一定。」是奕微的新狀態，看時間差不多是午後時發的，只是這句話卻讓我想起昨天她說的話。

她的那個「ㄊㄚ」到底是在指誰？我真的從來沒有比現在更痛恨人字部的這個「他」，因為可以不分男女的通用，讓我想知道的答案，蒙上前所未有的迷霧，比學校早上起的霧還

濃……

「你好像很愛他？」按下回覆，我當然沒有忘記還要繼續試探她，只是越猜越苦惱，好像更模糊了，看不見答案。

返回首頁，意外的發現又是奕微最新的推文。

「過去喜歡你的日子，未來喜歡你的日子。」附了張圖，看起來是個刻在牆上的歷史年表，只是這地方在哪裡？

「哥，你知道這在哪嗎？」將手機拿給剛端著蛋糕走出來的宇澤哥，我的注意力早就不在蛋糕上了。

「嗯……好像是捷運輔大站吧，怎麼了？」

「沒什麼。」

問完了才發現自己一個外地人，根本也不會知道那又是哪裡，白問了，而且重點不在這。

又來了，這裡指的「你」又是誰？過去、未來……好像喜歡了很久似的。

呀，程奕微，你要我怎麼猜？

「那是奕微發的？」

「嗯。」

接過切好的蛋糕，我嚐了一口，還滿好吃的。

「小樹……是奕微吧？」

「咦？」我抬頭看向宇澤哥。他怎麼會知道？

「不要那麼驚訝，你不知道當局者迷旁觀者清嗎？」

旁觀者清？「什麼意思？」我不是不懂這句話的意思，我只是不懂這句話跟我有什麼關係。

「你們兩個，都太明顯了。」宇澤哥還在悠閒的吃著蛋糕，可是我卻一口也吃不下去了。

「我們兩個？哪兩個？」很奇怪，我明明不知道宇澤哥在說什麼，心臟卻跳得好快。這種感覺就像明明犯人不是自己，可是當別人提起時，自己卻會不知不覺的對號入座。

「你跟奕微。」我看見宇澤哥突然盯著我。「喜歡一個人，卻總是用些模稜兩可的比喻去隱藏自己的感情，以為對方不會發現，又希望能藉此表達關心，矛盾啊你們。」

為什麼有種心事被挑明的慌亂盤旋在心口，卻又感到些許興奮？

「哥，你怎麼知道我……喜歡奕微？」

宇澤哥低著頭慢慢切下第二塊蛋糕，臉上的笑容涵義太深，我讀不懂。「你的推文，都是發給她的吧？」

我沒有說話，不，確切一點說是……說不了話。

「她跟你做一樣的事情呢。」

這話的意思是，奕微她也……喜歡我？

＊　＊

同日，晚上9點50分。

「宇澤哥說，你也喜歡我呢。」我盤坐在小樹前，看著它的枝葉……其實一點真實感都沒有。

回來以後，我照著宇澤哥說的，把我跟她的推文合起來看。的確，我是有把奕微所有的推文都翻出來看過，卻從來沒有認真把我們兩個的推文全合著看。

「小樹，早知道就合著看了，對吧？」我拉了拉它的葉子，並沒有扯下來。

宇澤哥告訴我，其實愉賢老早就知道奕微喜歡我了，而哥是看著推文，跑去問愉賢才確定的。現在想想，愉賢前陣子會那樣瞪我也不是沒理由的啊，太多的誤會讓奕微傷心了。

問哥為什麼什麼都不說，他竟然……「小樹，暗戀最美的是不明不暗的曖昧嗎？」宇澤哥說要我們好好享受這段模模糊糊的日子才不說的呢。

享受曖昧？可是明明難過得要死……

「愉賢啊，我們之間的曖昧，好像不是這樣的。」

退出收藏頁，回到首頁，宇澤哥的推文就在眼前，附上一張圖，捷運上座位旁的透明隔板，一邊是站著的男孩，另一邊是坐著的女孩，兩個人手上都有一朵玫瑰，視線沒有交集。

雖然不知道哥是去哪盜的圖，但我知道他在說我跟奕微。

點開回覆，一眼就看見奕微不久前留下的話：「我怎麼有種被迫對號入座的感覺？」

對號入座，是啊……之前，我一直沒有勇敢的把自己帶入到她的推文裡，可現在都知道了。

「過去喜歡你的日子，未來喜歡你的日子。」

再次找到奕微稍早的推文，我盯著那張年表。

喜歡……呵，是喜歡啊，像我喜歡你那樣。從二〇一二年夏天，日復一日，漸漸加深到現在，等我意識到了你的心情，也發現自己無可救藥了。

奕微，你，喜歡我。

19 我朝著你前進，你呢

5月31日，早上5點51分。

五月的最後一天，我知道你喜歡我的第一天。

也許是因為如此，我才更期待這一天吧，就連難得跟宇澤哥一起出來買早餐，我都希望遇見你。

「喔！奕微！」

啊……！我不知道我為什麼要躲，只知道聽見宇澤哥叫著她的名字，等我反應過來時，已經站在死角裡了。明明期盼著見面的。李映軒你躲屁啊？

可是，我的腳動彈不得……

「宇、宇澤哥……」

是她、真的是她……

「你來得好早喔！」

「嗯，等下有課。」

我想，我只是單純的不知道怎麼面對她吧，在終於知道她的感情之後，恍然大悟的喜悅

讓我無所適從，卻也明白了彼此都是那樣辛苦的愛著，那種內疚……

「李映軒，出來啦。」

令人慌張。

確認人早已走遠，我才探出頭，跟著宇澤哥一起踏進黑漆漆的地下道。

「如果還沒有心裡準備告訴她，就先不要說了，好好享受曖昧吧。」黑暗中，我聽見宇澤哥這麼對我說。

享受……嗎？

原來暗戀就是這樣的啊，打不了燈、沒有光明，如墨般的未知籠罩著自己，只得倚賴著叫作「喜歡」的扶手，小心翼翼的摸索，一步一步踩著猜測爬上出口。

有多少人在裡面迷失？有多少人痛哭著枯等陽光照進，好讓自己往回頭路逃脫？可是我站在出口，一切是那麼明亮。

今天的太陽好像也不太一樣呢。

「先走囉。」

「好。」

看著宇澤哥走出系館，我在想，也許我應該多享受一些吧。

程奕微，我朝著你前進一步，你呢？

* *

同日，下午1點15分。

其實我一直很喜歡文學概論課，雖然上課的教室裡接收網路時好時壞，雖然老師上課講什麼我敢說我都沒在聽，但我喜歡它的輕鬆、喜歡這樣平靜的兩個小時裡總是文思泉湧、喜歡我與隔壁座位的微小距離、喜歡隔壁座位上的程奕微……

她一直都是我的Muse。

今天還是一樣，她旁邊的座位，空著。

「老師還沒來？」我在她旁邊坐下，將書包放到腳邊，拿出筆電開始碼字，就像我每到這堂課都會做的事情一樣。

她搖搖頭，往桌上趴著，略長的瀏海蓋著她的眼睛，我的餘光看不清她的表情，可是這強烈的視線……

一切如常，只是我們之間，不同以往。

「我很好看？」教室第一排就只有我們兩個坐著，這強烈的視線把我看得左半邊的細胞都在騷動，心臟好像知道她那樣的眼神藏了什麼，才會那樣劇烈的跳著吧？

我知道，是激動、是悸動。

「我、我是在看你寫的小說……」她輕聲說著，就像平常對我的冷淡語氣一樣。這一刻我終於瞭了，她對我的那些冷漠，其實除了害羞，還是害羞，現在也不例外吧。

害我好想逗逗她，就像宇澤哥說的，好好享受曖昧。

我伸手撥開她的瀏海。「你又知道我在寫小說了？」雖然忍住笑，但我知道有些笑意根本藏不住。

她稍微躲開了我，可是在我看起來，怎麼那麼可愛？「你這樣最好是看得到。」

老實說我也有些驚訝自己的舉動，我知道有些過於親暱，可是她的頭髮好軟、好舒服，有點不太想放手……

不過好像太過份了一點……。看著她突然轉過頭把玩起手機，我才覺得事情有點大條，她好像不喜歡被人碰頭髮的樣子。點開電腦上的LINE，我想她現在在玩手機，應該看得到。

我：「不要生氣啦，我不知道你不喜歡別人碰你的頭髮。」

轉過頭，我看著她依舊拿著手機，趴著卻沒什麼動靜。

叮咚！

視線回到電腦上，突然的提醒嚇了我一跳，我還戴著耳機呢。

程小樹：「我才沒有生氣。」

我：「那你轉過來看我一下。」

我想，道歉這種事，還是得親口說吧，可是旁邊的程小樹小姐，好像不領情呢。

程小樹：「不要……」

我：「明明就在生氣。」

程小樹：「我是肚子餓了，才不是生氣。」

肚子餓？好機會……。伸手，我打出幾個字：「想吃什麼，我請你。」

程小樹：「嗯……不好吧？」

我：「沒關係的，是你就沒關係。」

是你就沒關係，因為是程奕微、是程小樹，所以樹先生才要照顧你、寵著你，不論你是不是像今天這樣撒嬌。

撒嬌？對耶，雖然客氣了點，她現在是在跟我撒嬌！這是不是代表著我們又更親近了一點呢？

程小樹：「那……果汁？」

果汁而已，有什麼問題呢。「（笑臉）」

小樹渴了，樹先生澆水；程奕微要什麼，李映軒都給……是啊，心都給了，還有什麼不能給的呢？

＊　　＊

同日，下午3點04分。

多虧提早下了課，我才能在人擠人之前買到飲料，正好看見奕微走進系館……好像才剛醒，表情迷迷糊糊的。

「奕微！」跑前幾步，我看見她站在樓梯前轉頭看我，忙遞上果汁。「拿去，你的果汁。」

「嗯？」

「你剛才不是跟我說你要喝果汁？」奇怪，她為什麼要這麼疑惑的看著我？

「我沒有說啊。」

「蛤？」誰可以來跟我解釋一下？

「哇，李映軒，你竟然喝咖啡，」我都還沒搞清楚狀況，手上的果汁就被趙愉賢抽走了，然後喝了起來？「不要害我大笑拜託，我現在看到咖啡都超想笑。」

「喂喂……」我不是買給她的耶！

「謝謝啦。」她現在又自己往樓梯間消失又是哪一招？

叮！電梯到了，我跟著奕微一起進去，看著她好像也摸不出情況的臉。「……剛剛跟我LINE的人是誰？」

如果不是奕微，那會是趙愉賢？雖然依照她腹黑的性格是有可能做這種事，但她怎麼會有奕微的LINE？她盜了奕微的帳號密碼？

「我剛剛在睡覺……啊！」

「怎麼了？」

奕微看向我，我可以把這個表情解讀成既驚訝又帶點愧疚嗎？「是愉賢……剛才她拿我筆電玩……」

……頭上飛過的不知道是一群羊駝，還是奔過千萬隻烏鴉。哼，我能說什麼？原來我都在跟假小樹說話，果然是趙愉賢……。

趙愉賢！宇澤哥怎麼會愛上這個超沒品的傢伙？

四樓一到，電梯門一開，我直接衝進教室裡，那老大已經坐在那裡了。「趙愉賢！你耍我！」

「嘿嘿……誰讓你上次使計逼我請你吃飯！」

「都多久了，你還記仇！而且那次我也自己付了！」

「好朋友一場，請一杯飲料有什麼……」

「那明明是因為……」

我被自己的衝動嚇到，立刻住了嘴。差一點……

「因為什麼？」我盯著愉賢，愉賢卻看著我的身後……奕微在那裡。

可惡，這個什麼都知道的傢伙。「算了……」

我怎麼那麼衝動，差一點就要在全班面前把自己的感情喊出來？笨蛋李映軒……

*　*

同日，晚上10點58分。

今天最大的收穫，是摸了奕微的頭髮吧？

果然，在知道她喜歡我之後，連這樣小小的接觸都會比以前甜蜜好幾倍，手心好像還留著那樣輕柔的觸感，忘不掉。

將手放在小樹的枝葉上，另一手拿起手機拍下，上傳。

「小樹，你的葉子好軟喔。」

奕微，如果你知道你就是小樹了，應該看得懂吧？

20 只能是你

6月1日，早上7點23分。

「早啊，小樹！」

星期六，這禮拜不用回老家，要留在宿舍裡溫習，難得不用一大早起床趕車，能睡到現在已經很滿足了。期末考前啊……要認真才行呢。

洗漱後，我還是沒有想要去看書的意思，趴在床上滑手機、刷推特。

我昨天那則推文，又被吐了滿槽水，什麼「李映軒你個變態」、「不要騷擾小樹」、「小樹要枯黃了」、「小樹被詛咒了」之類的話滿滿的都是……我真的不懂耶，我家小樹什麼都沒說，他們幹嘛這麼替她抱不平？

對啊，奕微還沒有回覆……這是什麼？

我的注意力被吸到最新的那個回覆上，是球經。「對不起，我該早點知道你不喜歡柳樹。」

柳樹……看來她想通了，雖然感覺對她挺抱歉，可是感情的事不能勉強的，這點她懂，而且接受了，她果然是當球隊經理的人才啊，很理智。

坐起身，我回覆了她：「柳樹不是不好，而是枝葉太長，我喜歡短的。」不是你不好，而是我喜歡的奕微，頭髮沒有你那麼長。

叮咚！

「在嗎？」正打算繼續看回覆，LINE的提醒突然跳了出來，是程小樹，我的奕微……是嗎？不會又是趙愉賢再來耍我一次吧？看我怎麼揭穿你！

沒想很多，我直接撥通了電話，鈴聲沒有響很久就被接起來了。

「喂？」

這聲音……「不是趙愉賢吧？」

「……不是。」

「嘿嘿，奕微，什麼事？」

我笑了，笑自己的疑心，可是不能怪我啊，昨天趙愉賢那一招真的非常（消音）！

「那個……」

她那一頭很多雜音，聽起來像是在公車上。「嗯？」

「可以……幫我買早餐嗎？」

幫忙買早餐？這有點不像是奕微會做的事情啊，可是現在這個時間……「啊，你現在還在路上，等下怕要趕課來不及吃？」

「嗯。」

對吼，她今天還要上課，那剛好，等等就能跟她見面，買早餐當藉口哪裡不好？「OK啊，只要是你就什麼都可以……要是那個趙愉賢……」

只要是你就什麼都可以……

雖然最後還是知道了奕微會要我幫忙買早餐也是因為趙愉賢，不過能夠一大早這樣聽見奕微的聲音，真的好幸福。結束通話後，我迅速換了衣服，為了給奕微買個熱騰騰的早餐而奔跑出門，至於那個趙愉賢，去便利店給她隨便買個飯糰就好，喔對，還要跟她收跑腿費！

程小樹的，當然是樹先生買單啊，啊……回來後要記得給小樹澆水才行……

＊　　＊

同日，下午1點29分。

念了大半天的國學概論，吸了那麼多原本完全看不懂的課文，現在一知半解的狀態好像也沒有比較好一點。

拿起手機又開始刷推特，只是這次，我真的看見了奕微的回覆，是一張笑臉。

笑臉，是什麼意思呢？奕微，你知道你是我的小樹了嗎？

經歷過太長的誤會，我已經學會了不要自己猜測，直接問是最好的吧。這樣想著，我打開LINE，找到程小樹。

我：「我想跟你說話。」「我想你」這種話，果然還是說不出口啊。

程小樹：「跟我有什麼能說的？」

我：「現在也在說了，沒有什麼不能說的。」

老實說我也沒想過因為這句話，我們兩個真的可以把天南地北都聊了，這是我以前一直不敢妄想的事情，能跟奕微閒話家常，說著那些我們都知道的回憶，交換彼此過往的經驗，甚至感同身受。等到我瞄到時鐘，才發現早就過了一個多小時。

原來，我們這麼能聊。

「你的理想型是什麼？」

這是接續著嘲笑那些校園鬼故事之後，程小樹傳過來的問題，只是我沒想到，問得這麼直接。相對於我，我真的膽小很多，想要問她到底知不知道自己就是小樹，卻問不出來。

「嗯……」可是她問了我理想型，很明顯的還不知道呢，那我給你提示吧，程奕微你看著。「心地善良、很容易害羞、不用很會運動，但能夠陪著我走出戶外、身高跟我差不多沒關係、頭髮不要太長、眼睛要很漂亮……就差不多這樣吧。」

程奕微，我的理想型是你，那……「那你呢？」我打了幾個字，反問。

一分鐘後，我得到了解答：「我也是身高跟我差不多沒關係，頭髮也要是短的……最好是要很會運動，這樣剛好跟我互補。」

互補？我跟他……「對喔！你是學音樂的！」

我在之後又放了張驚訝的貼圖。互補，一個學體育、一個學音樂，我怎麼好像看到了偶像劇的情景？

程小樹：「哈哈……對啊。」

我：「那長相呢？你的理想型。」好吧，我就是私心想知道在程奕微眼裡的李映軒是什麼樣子的。

程小樹：「不用長得特別好看，只要我喜歡就好了。」

不用長得特別好看……我會說我其實有點失落嗎？可是，你喜歡就好了。

我：「是喔，這樣好模糊喔，怎樣才是你喜歡的長相啊？」我知道這樣問很欠打，但我知道，你喜歡的是我。

程小樹：「有眼睛、有鼻子、有嘴巴……」

程奕微，敢情你是根本不在意長怎樣的都可以吧？我是很想這樣吐槽，可是她接下來的話又讓我覺得好開心。

程小樹：「對了，我希望他是脾氣很好很好的人，然後貼心一點。」

我：「是這樣啊……」

程小樹：「嗯。」

奕微，太明顯了，你在說我……脾氣好又貼心，謝謝誇獎，真的！

我：「奕微！我上次有說過有東西要給你的吧？」我想，該給她一點表示了，不然老是這樣提示，這個笨蛋也許永遠也不會懂……

程小樹：「嗯。」

其實我們可以在一起了，其實我喜歡她好久了，其實我好想告訴她……她就是我的小樹。「星期一拿給你好了，記得提醒我。」

想了想，我又補了句：「不可以叫別人來提醒我喔，只能是你。」

原來講過了第一次這種話，第二次就容易多了……雖然手心有點麻麻癢癢的。

從抽屜裡拿出那兩顆小籃球。奕微，我是有多麼想要跟你擁有一樣的東西，我是有多想要跟你多點契合的感覺，奕微，你是唯一，你知道嗎？

我的唯一。

21 喜歡的原因

6月2日，早上10點36分。

「again and again……you say just “ONLY YOU”～I hope I will be that ONE in your life……or dreams.」（一次又一次……你說只有「ONLY YOU」～我希望我會是那唯一，在你的生命裡……或者夢裡。）

ONLY YOU的意思是，「只有你」、「只是你？」……等一下，唯一？

推特上，我看著奕微昨晚的推文，思考著這到底是什麼意思，天知道我英文不好啊！雖然奕微他下面那一片小老師糾正團也證明了那傢伙的程度跟我差不多。

唯一……我懂了，因為我昨天的話吧？因為我說了那些類似「ONLY YOU」的話吧？

抬手，我在鍵盤上打著：「只能是你。」不是回覆她，而是新發了狀態，附上一張小樹的照片。

程奕微，你是笨蛋嗎？我的唯一，就只有你啊！

＊　＊

同日，下午1點23分。

從早上開始就一直讀不下書，現代文學的講義也沒看幾頁就擱在一邊，我不知道我在浮躁什麼，心底亂亂的，整個人都不對。打開推特，沒有奕微的消息，其實也沒有多晃的必要，去小說網收收回覆吧。可是我沒想到會看到這麼具有思考性的回覆……

「什麼是愛情？」

我知道當劇情進入白熱化之後，大家都會開始去想其中的意義，對於主角們、對於別人、對於自己……只是自己雖然身為作者，卻也沒有認真想過這個問題，只覺得喜歡就是喜歡了。

但，愛情是什麼呢？

如果生活是一則故事，對我來說，奕微就是靈感，因為沒有靈感就構築不了一個故事，可是沒有生活、沒有故事，又哪來的靈感？

抬手，我回覆道：「如果愛情是一場球賽，那你喜歡的人就是那顆籃球，因為沒有球，球賽就不會是球賽了。」

如果愛情是一場球賽，那奕微就是那顆球，沒有奕微，我又何嘗擁有愛情？

那位讀者很快的回了我：「你忍心那顆球被人傳來傳去嗎？」

我：「所以我得做個好選手，不讓球落到別人手中。」

讀者：「那麼，誰是這場球賽的評審？誰來幫你記分？誰來看這場球賽？」

我雙手離開了鍵盤，眼睛盯著那條回覆。是啊……誰是評審？誰去判斷球是否界外？誰去評判誰犯規？我的對手又是誰？而我得了幾分？

我沒有想過，也想不出解答。

沒過多久，那個讀者又回覆了：「如果愛情是一場球賽，如果你愛的那個人是那顆球，那你一定不是個好球員，因為你還沒有發現那顆球隨時有可能洩氣，在你熱身的時候。」

在我熱身的時候球洩了氣？

讀者：「球沒了氣，你始終是唱獨角戲。」

我不懂，真的不懂，他這樣好像是在提醒我什麼，卻又像是只跟我討論劇情。「什麼意思？」我反問。

讀者：「嘿，其實愛情才是那顆球，你的對手是你愛的人，這是一場沒有評審、沒有觀眾的球賽，彼此得了幾分，彼此心裡有數，你要想的是如何讓這場比賽精彩。」

他沒有給我解釋，卻重新定義了愛情，而我，卻瞬間懂了。

所以課堂上說文如其人就是這樣啊，我這陣子想什麼，反映在我最近的文裡了，細心的人一看就知道……雙手回到鍵盤上，回覆。

「You are a good player.」

讀者：「No, I'm not. But I think I'm better than you.」

球沒了氣，我始終是唱獨角戲。奕微要是等得太久，不再喜歡我了，我永遠是一個人……

*　*

同日，晚上10點21分。

睡前，打開推特看看。

原本還是抱著沒能夠看見奕微更新的心情亂晃，可沒想到晃著晃著就剛好看見她更新的狀態，看時間大概是下午發的，大概是在我睡午覺的時候吧。

「小表弟說：他喜歡小樹，因為小樹有漂亮的眼睛。」

那是一棵看不出來是一棵樹的樹，而小樹有沒有眼睛更是看不出來，只是，我卻非常認同那位小表弟的說法，按開回覆，在輸入框打道……

「弟弟，你太真相了！」正想要按下Enter，我停了下，還是又把那句話刪了，重打了幾個字，發出。

「我的小樹也有漂亮的眼睛！」

22 擁有一樣的香氣

6月3日，中午12點19分。

我實在是不知道該怎麼辦才好。

想了大半天要怎麼把小籃球送給奕微，卻一點辦法都沒有！剛剛找了直屬學長問了下，他告訴我應該先約人去吃飯，找一家有她喜歡的東西的餐廳，然後選個浪漫的地方給她……奕微喜歡吃的東西，除了學校餐廳裡的鐵板麵，還有什麼……？海鮮？可是學校附近有哪裡賣海鮮的？剛剛學長有推薦一家小吃店的海鮮不錯吃，可是在哪裡？

東張西望著，我卻只看見一堆頭！都是頭啊！怎麼每次一到中午就這麼多人往學校外面的街上跑！我都還沒吃飯啊！算了，先找到那家店再說！

直到穿越一層一層的人浪之後，我才找到那家小吃店，小歸小，但看起來挺溫馨，是吃飯的好地方，可是光是找到一起吃飯的地方也還不夠啊，我不知道怎麼約他……

「喂!你怎麼在這裡?」有人拍了拍我的肩膀,轉頭,是宇澤哥,跟一群學長。

「哥,你好難得沒跟愉賢在一起喔!」話一出口,那群學長就一堆怪聲,不知道是什麼意思,不過宇澤哥看起來不怎麼在意。

「一定要跟她一起嗎?沒有那麼黏啦。」宇澤哥接過老闆遞過來的盒飯,講得習以為常。這大概就是人前的他吧,依舊是個很可靠的大男孩,很多方面都比愉賢成熟得多。「你呢?還沒吃?」

「嗯,還沒。」我看著店內貼著的菜單,果然,有很多海鮮類的餐點。「哥……」

「嗯?」宇澤哥看了看我,又轉頭讓那群學長先走,這瞬間,我是很感謝他的。「我請你吃午餐吧,我們回宿舍再講。」

「嗯……」

* *

同日,下午4點12分。

也許就像宇澤哥說的那樣,順其自然。

因為奕微一定也記得我有東西要給她,所以也會有些期待,我只需要照平常那樣跟她相

處就好。可是知易行難啊……我要怎麼像平常一樣面對她？尤其是知道她也喜歡我，尤其是今天過後很可能我們兩個的關係會不一樣，我知道不會是像宇澤哥和愉賢那樣的戀人關係，這要怎麼說？

友達以上，戀人未滿？我不知道……

「奕微，來喝水。」我聽見愉賢喊住在球場裡打球的奕微，眼看著她慢慢靠近自己，視線還是躲開了，鴕鳥的回到手機螢幕上。

「晚上一起吃飯？」、刪、「晚上一起吃飯？」、刪、「晚上一起吃飯？」……LINE輸入框裡寫了好幾次一樣的句子，卻始終沒有發給程小樹。

「呀，你心裡有鬼嗎？過來坐啦！」

「誰心裡有鬼啊？你少亂說。」

「誰問誰就有，何況鬼就在你旁邊，唉額……」

耳邊是愉賢和奕微鬥嘴的聲音，其實我很希望奕微也能對我這樣活潑，可是她跟我講話的時候，始終文文靜靜，我知道她害羞，可是我更希望她能跟我親近點，但……她們剛剛說的鬼是我嗎？

「你們在講什麼鬼故事？」又有一個人湊上去。

「哪有……」奕微。

「在說程奕微心裡住著一個～鬼～還死不承認！呀，痛啊程奕微！」愉賢，聽起來她是被奕微痛下毒手了。

「他才不是鬼！」

聽到奕微大喊，我轉頭看向她。

「誰？」剛剛湊熱鬧的同學問道。

而我看見奕微尷尬的撇過臉。奕微，你是在為我辯駁嗎？因為我在你心裡，是活生生的一個人，不是鬼……是這樣嗎？所以你剛剛那樣激動，是因為我吧？

剛剛是說我住在奕微的心裡吧？光是這樣聽著都好開心。奕微，你也住在我的心裡，你知道嗎？

唉，到底要怎麼約她吃飯呢？

「澤啊，今天我們晚餐吃小火鍋吧……嗯，等等去找你……奕微？算了吧，她有約了……先這樣，好啦，最愛你了。」

聽見愉賢講電話的聲音，我愣了下，隨即明瞭。宇澤哥，謝謝……

「呀，李映軒！」我抬頭，對上愉賢充滿暗示的雙眼。「我晚上要跟宇澤出去，奕微這小呆瓜就交給你了，她晚上要上社團，你盯著她吃飯。」

「嗯，好啊……」原來，這麼簡單，這就是宇澤哥說的順其自然。「我本來就有這個打

算……謝啦，愉賢。」

我笑著，很榮幸的看見奕微轉頭看向我，一臉驚訝的樣子，肯定是沒想到我要約她一起吃飯吧。

「程奕微，你表情管理很差耶。」我看著愉賢一臉戲謔，還有奕微慌張拿書包的可愛模樣。

如果跟我在一起也能這麼可愛就好了。

「唷～看你急的。」

「閉嘴！」

「不打擾啦，我去找我親愛的。」

「趙愉賢！」

我看著她紅通通的耳根子，走上前去拍拍她的肩，感覺到了她的緊張。「奕微，走吧。」

「好……」

*　*

同日，下午5點05分。

在中午學長推薦的小吃店裡，桌上，給奕微點了份海鮮燴飯，而我的是酸辣湯麵。

兩個人面對面，好像約會一樣。

「你不是對海鮮過敏嗎？」

咦？她知道？「你喜歡吃海鮮對吧？」如果可以，我也想跟她吃一樣的東西，只是我不能吃。

「嗯。」

「上次跟朋友來的時候，朋友告訴我的。」

她看起來有些失落，我懂，大概是以為我跟球經一起來的，這個笨蛋……「不是別人，是直屬學長啦。」

沒想太多，我摸了摸她的頭，頭髮亂了又幫她弄順，也許是因為她難過的表情吧，總覺得這樣能夠讓她開心點，情不自禁就碰了她，好像自從上星期五上課之後，這個動作就彷彿上癮了一般。

「喔……呵呵。」看吧，她笑了。

但，似乎笑得很不自然。是我太突兀了吧，她根本不習慣這麼親暱的舉動，不能怪她後

來都沒跟我講話。偶爾對上眼，卻依舊沉默。

不過也好，我還得想等等要怎麼把東西給她，而且，有她坐在對面，已經很幸福了啊。

「你社團幾點開始？」這是在回學校的路上，我們走得很慢，就像上次偷偷翹課買飲料一樣，不知道是誰在配合誰的腳步，不知道是誰捨不得跟彼此分開，拉長獨處的時間。

但我想，都有吧。

「六點半。」她說著，而我不敢看向她，因為手臂間時不時的相碰，我可以感受到那隱隱約約的溫暖，卻是直接暖進心裡的。

「還有很久，我們在這坐會兒吧。」我上前了幾步，坐到前面小階梯上，看著她，讓她坐在我旁邊。

這裡是風口，風很大，可是卻最寬敞，看得到遠遠的山群，雖然在夜幕之下只是黑色的影子，但有它們當作背景，學校裡開著的景觀燈，卻總讓我有種在約會的錯覺。

奕微會不會也這樣想呢？

她沒有說話，我也沒有，就像剛才吃飯的時候一樣，剛剛吃進的沉默，現在隨著呼吸散在空氣中，被風捲走。

可是風那麼大，奕微沒關係嗎？我記得她感冒……「會冷嗎？」

「不會啊，」她搖搖頭，笑著。「我很喜歡吹風。」

連我都覺得有點冷，可是她看起來很開心。「不冷就好，我怕你感冒又加重。」她沒有回應我，而我卻看見手機上顯示的數字，果然沉默在我們之間花去太多時間，奕微的社團課要開始了。這麼想著，我拿出小籃球……希望，她不會覺得突然這樣送香水很奇怪。

「這個，送你。」

我看著她接過，卻在把玩了一下之後轉頭看我，我卻下意識的躲開了……「為什麼送我香水？」

「就……」我不想看見她錯愕的表情，卻又希望當自己轉頭看過去的時候會是她好看的笑臉。「只是想送你。」

所以我看著她，她也看著我。

奕微，因為我想跟你在一起、想跟你擁有一樣的東西、因為你是我的唯一、因為我喜歡你、我喜歡你、我真的真的真的真的很喜歡你……

好希望你懂。「時間差不多了，你該進去了吧。」

想起她還要上課，我站起身，算是結束了這短短的約會吧。

「嗯。」

「那你先進去吧，我看著你進去。」

我雙手插著褲袋，想等她先走之後再離開，卻看見她向前走了幾步，又轉過頭。

「映軒。」

風中，她的聲音是那麼的好聽，我笑了。「嗯？」

她也笑了，搖了搖手中的小籃球。「這個，謝謝。」

笑得好好看。

「嗯，快進去吧。」

她朝我揮揮手，然後轉身跑進大樓，我就這麼看著她消失在我的視線中，也許分開會帶來失落，可是看著她的背影，那感覺……好幸福。

＊　＊

同日，晚上7點08分。

晃回宿舍沒多久，剛剛跑去跟宇澤哥道謝，他只是笑著說自己想過過當媒人的癮。他是很有義氣的哥哥，我知道。

站在床邊，我看著小樹，想著想著就把另一顆小籃球拿出來，放到小樹旁邊，拍了下來。

上傳推特。「只是想要跟你有一樣的味道。」

人家都說味道最能記住一個人，如果我們兩個有一樣的味道，你會不會永遠永遠記得我？奕微，這是最後的提示了……你是我的小樹。

23 只求餘生

6月4日，早上7點49分。

該是要出門上課的時間，今天很奇特的精神很好，沒有平常的昏昏欲睡，尤其是等等還要上最討厭的英文課。

看起來今天雖然好像有點陽光，可是雲挺厚，也許會下雨吧。我把小樹移到窗邊，不希望它淋到雨，卻希望至少能夠有點濕氣在它身上。

可是當我準備要出門時，卻看見它逆著陽光，令人移不開眼睛。好夢幻、好美……拿起手機，我把這一幕拍了下來。

正想要發推文，卻發現我只剩下五分鐘，想也沒想就衝下了樓。

*　　*

同日，中午12點20分。

過了一早上，剛剛四堂課上了什麼我都不知道，只知道剛剛下了課才發現……課本上滿滿的「程奕微、程奕微、程奕微」，再來就是無數棵小樹……

現在下著大雷雨呢，早上沒把小樹放到陽台上是正確的。

其實好期待見到奕微，可是偏偏早上的課都碰不到。下著雨呢，不知道她現在在哪裡……？

滑開手機，打開LINE找到程小樹。「你在哪？」

程小樹：「系圖。」

我：「還好……」

幸好你在室內，應該沒有被雨淋溼吧？感冒都還沒好呢。

程小樹：「嗯？」

我：「沒事，想到你感冒，昨天又讓你吹了風，今天下大雨，怕你淋濕了又著涼。」

程小樹：「我下了課沒出去，一直在系圖裡。」

一直待在系圖裡，她沒吃飯嗎？「沒出去？你吃飯了嗎？」

程小樹：「嗯……不想吃。」

這人為什麼都不好好照顧自己？「你不是早餐也沒吃嗎？怎麼中午又不吃了？」

其實她早餐沒吃這個是愉賢第一節課傳簡訊跟我說的，她是想要我幫她買吧，可是我們老師不放人，我出不去……現在奕微又不吃午餐是怎麼回事？

她沒再回我，而我撐起傘，踏入雨中衝向學校餐廳。外頭難得風不大，但我不太了解的是這雨為什麼要下得這麼磅礡？

買了碗熱湯麵，迅速擠出滿滿人群的餐廳，我站在門口，瞬間傻眼。

這是……冰雹？我長這麼大第一次看見冰雹！原來這間學校真的處在一個擁有無法理解天氣的高度上。雖然我很想就這樣撐傘穿過石頭雨，但是太危險了我自己知道，轉身又擠入人群，這時候就知道地下道直接連到系館是個很方便東西。

缺點是，每到下雨就……很擠。

「呼……你還真的在這裡。」

推開系圖的門，我看見奕微有些驚訝的看著我，把雨傘放到門後，走向她，把麵放到桌子上。「拿去吧，午餐。」

她就那樣呆呆的看著我，沒有動作。

「還愣著幹嘛？」我把她的電腦拿到桌上放好，再把她拉到桌邊來坐下。「別玩電腦了，起來！」

她依舊沒有任何反應，視線卻一直在我身上。我幫她打開了湯麵，也弄開了免洗筷，坐在她旁邊。她在幹嘛？是寫小說那情緒還沒脫離嗎？這傢伙入戲太深？也太可愛了……

半晌，才接過筷子。「謝謝……」

「要吃完喔。」看著她吃，我才放心下來。以後得好好照顧這棵小樹才行……

「嗯。」

剛剛這樣跑著、擠著，身上又濕了一半，有點冷，也有點累了。我坐到沙發上，拿起奕微的外套。「我想睡一下，外套借我蓋著。」

我不是詢問她，因為不想聽見她說不要，我只是想要藉此用她的溫度包裹著我，只此而已。

咦？可是這味道，是小籃球的……她用了。

「好香喔……」是奕微的味道，也是我的……噗，這樣想好害羞。

也許這樣的想法貪心了點，可是，如果可以一直這樣，一直在她身邊，該有多好？

＊　＊

同日，晚上11點46分。

今天最值得開心的就是奕微用了那個香水吧？

打開推特，我又是那個不知道是好是壞的習慣，尋找著奕微的名字，想找到她的心情，然後收藏。

「不求永遠，只求餘生。」附圖是一張從窗內往外照的雨景。我認得出來那是從系圖拍出去的，她是在我睡覺的時候拍的。

按下回覆，本來打算回覆她，可是想想，我把游標移到旁邊的輸入框，上傳早上拍的照片。

「如果小樹會活到一百歲，它的餘生，還有五分之四。」

我們都還不到二十歲，奕微，你願意你的餘生裡都有我牽著你的手嗎？

24 幸福是一種公開的悄悄話

6月5日，早上9點32分。

今天沒課，沒課……沒課啊！為什麼沒課啊？昨天好不容易跟奕微拉近了一點距離，今天就又見不到面了……明天、明天也沒課……

「吶，小樹，好想你喔。」翻過身側躺著看向床邊的小樹，我伸手抓了抓它的葉子，幾片枯葉就落在地上。「你這樣是因為也在想我嗎？」

我發現只跟小樹說話漸漸的沒辦法滿足對奕微的想念，摸著小樹刺刺的枝幹，不會有奕微的外套溫暖。奕微你看，我越來越貪心了，以前明明看著小樹想你就好……

拿下床頭上的手機，直接打開了推特……留言炸了，口水一片中，倒是有個特別吸引我注意。

同學：「呀，樹活一百歲會不會太短命？樹可以活好幾千年的！」

樹，的確可以活很久。我回道：「也是吼，所以我還可以跟我的小樹在一起好久好久。」

我以為他不在線上，結果沒多久，他回了。「真看不出來你是植物愛好者，不過你的小樹被你養著可能會對外界比較沒有抵抗力吧？」

看見這句話，我忍不住笑了，回道：「我不是愛植物，是只愛我的小樹！對外界沒抵抗力沒關係啊，我寵著。」

其他植物沒有我的小樹好看、沒有比我的小樹還更具有意義，因為他們都跟程奕微沒關係，我只愛程奕微，只寵著程奕微。

同學：「你講的真的是小樹嗎？（懷疑）」

我：「嗯，是小樹啊！（微笑）」

是啊，是我的小樹，我的奕微。

＊　＊

同日，晚上10點53分。

果然，還是要靠念書才能麻痺自己不去胡思亂想，那麼明天空虛的我怎麼辦？還是應該拿書來塞腦袋才不會一直想奕微？其實我也知道不能拿奕微來當讀書的藉口，要期末考了本來就要好好複習的，但是滿腦子奕微……還是只剩這棵小樹陪我了。

「對吧？小樹，明天你陪我好好念書吧。」

伸了個懶腰，念了大半天的歷史和英文，雖然我也不太確定自己記住了多少，但有念就

有保障吧。

將課本和講義全部蓋上，我把大燈關了，窩進棉被裡拿出手機，睡前也想去推特上晃晃。開晃還真被我找到了奕微的最新動態，先按了收藏，才去點開她的圖。這張照片我看過，是前陣子奕微在告白日前晚放的照片，只是這次不是只有她的藍色布鞋，原本空白的柏油路面上，多了一雙手繪的鞋子。

「我的餘生，就是生命剩下的永遠。」

現在知道有一個人用這種方式回應自己真的好溫暖，另外發了文回應自己的話，就像是一種公開的悄悄話，卻只有彼此聽懂一樣，而讓我最覺得幸福的是那雙鞋子……那個能夠站在你的身邊，陪你走過你生命剩下的永遠的人……是我。

25 再見往往永遠不見

6月6日，早上7點整。

嘟……嘟……嘟……

其實我很緊張，但太多的想念讓我有足夠的衝動打給她。現在的我，再也無法滿足於一個人傻傻地對著小樹自言自語，我需要一個回應的聲音。

等到她接起，我才發現自己撥這通電話並沒有構成動機的任何理由，只好信手拈來一些莫名的閒話家常，直到終於意識到她好像是被我吵醒的。

「你剛醒？」我問，而那一頭的她一如往常的回了我一個單音節，卻是那樣令人融化的軟綿聲線。

就為了這個一瞬間的沉醉，我又衝動的做了一個決定。「以後我當你的morning call吧。」

以後，我將會是她早晨第一個說話的對象，我會聽見她溫柔的早安，也許勝過一般戀人甜蜜的晚安吻。

「好……謝謝。」

聽著她道謝，我想我不會後悔這一刻的衝動。

「你永遠不用對我說謝謝。」不說謝謝的關係，是親近到不分你我的地步，我願意將自己付出，因為我們將不分彼此。我笑了，原來付出後想要的回報不過如此，只要知道她的心意就好了。

「嗯，謝……啊，對不起。」

「哈哈，你真的好可愛。」在這句話之後，她一直沒有出聲。看，我喜歡的人是一個連害羞都可愛的人啊！「快點起來，小睡豬，去吃早餐吧，我也餓了。」

「那……掰掰。」

掰掰……這是道別、是分離，而我一輩子都不想這麼做。「奕微，我們以後不要說再見之類的話好不好？」

不說再見，便加重了羈絆。

轉頭，我用小指勾住小樹，作出一個約定的手勢，拍下，上傳。「道別就是一種結束，我們不是能說再見的關係，再見往往永遠不見，對吧？小樹。」

＊　＊

同日，中午11點43分。

明天要考歷史，開啟期末考的可怕歷史科。

即使昨天已經念過了，今天心底還是會有些不安，畢竟它考的全是申論題，不清楚時代背景就回答會很慘的，唉，這只能怪平常沒有好好聽課吧。

看看時間，原來已經中午了，剩下的下午看吧。

打開電腦，休息時間的第一件事情，當然是找找我的小樹。出乎意料的，她回了我，一如既往的笑臉，在稍早之前。

按開LINE，我在與她聊天的視窗上打道：「你是回籠覺剛醒，還是有乖乖的起床？」順便放了個挺醜陋的貼圖上去。

程小樹：「我有乖乖起床。」

我：「那就好，早起的鳥兒有蟲吃。」

才不會白費我叫你起床吧，小懶樹。如果她真的在我面前，我好想捏捏她的鼻子，看她被我捏住的時候，會是一臉委屈，還是傲嬌的捏回來。

程小樹：「我不是鳥，我不喜歡吃蟲，而且現在中午了。」

我：「哈哈，對喔，你不是鳥，只是身上有蟲……」樹幹上長了瞌睡蟲。

程小樹：「喔，那就是你的錯啦。」

等等，她……她知道了？這是她真的知道她是小樹了嗎？奕微……

我：「對，我的錯，沒有給你藥吃，不過有機最健康。」

樹先生給身上長蟲的小樹藥吃……小樹長蟲是樹先生的錯……奕微？奕微！她真的知道了！這是什麼感覺啊？比知道她喜歡我還高興！她知道我喜歡她了，她知道了！

是不是，只要我開口，我們就能夠在一起？奕微呀……

程小樹：「映軒。」

我：「嗯？」

程小樹：「算了，沒事……」

奕微，你知道嗎？我以前開始就有多想告訴你，你是我的小樹，照顧你是應該的，我願意一輩子這樣過下去……現在，我可以說了嗎？

即使過去，我們不知道彼此的心意，因為誤會而愛得辛苦，但，對於現在的你、現在的我們，我可以做什麼？奕微……你想我做什麼呢？你想的跟我想的一樣嗎？奕微？呃……怎麼不回了？

拿起手機，我沒多想，直接撥了過去。

「映軒……」

「你幹嘛說一半就不說了？」

「就，真的沒什麼啊。」

我聽見了她的猶豫。「真的嗎？」我只是擔心，我們想的不一樣，我只是擔心……

「映、映軒。」

「嗯？」

「你有沒有……特別想要我做的事？」

如果我說有，你會為我做嗎？「怎麼……突然這樣想？」

「嗯……算了，所以我才說沒什麼的，沒事。」

「如果我說有呢？」如果我們想的是一樣的，那件事情，你願意為我做嗎？但……「不過那件事也是我想做的，雖然也會想像你對我做那件事情，但我覺得，還是我做吧，你只要乖乖的別搖頭就好了。」

奕微，你只需要答應我的告白就好了……你，跟我在一起吧。

26 把心交出去

6月7日，早上6點18分。

今天醒得早，才有這個時間坐在這裡吃早餐吧？

等等第一節課就是歷史考試，我不怕，倒是因為這兩天有乖乖念書的關係，所以念書跟上課其實沒什麼相關……呃，這種觀點有待商榷。

我看了看牆上的鐘，又吸了口奶茶，滿足的嚼著我的火腿蛋餅。

現在……奕微也該醒了吧？搞不好已經在路上了。我知道今天是當她morning call第二天的日子，照理說不能毀約的吧，只是我卻忍住了先打給她的衝動，想看看她會不會期待我的電話。

好吧，這樣做是有些小過份，可我只不過是想給自己一點壯膽的藉口，想讓你在意、想讓你焦急、想讓你把我放在心裡最最深處，這樣我就能放心的把自己的心都給你，全部。

一直都想這麼做的，一直都想，只是這份勇氣來得比較晚而已。幸福就在眼前了，我又何必猶猶豫豫？

奕微還沒打來。我看著手機，手指時而滑上、時而滑下，螢幕亮了又暗、暗了又亮，卻一直沒有奕微的來電。她會打來嗎？是不是在車上睡著了？還是她又忘了……啊，今天也才第二天，忘記也正常。

鈴鈴……握在手上的手機突然震動，我的視線集中到螢幕上，卻只看見了垃圾訊息。

「什麼嘛……」我恨恨的又咬了塊火腿蛋餅，發洩似的用牙齒血刃了它們。

鈴鈴……誰啊？這麼無聊一直發奇怪的簡……奕微？

奕微打來了！奕微打來了！我小小歡呼了下，在這樣寧靜的早晨抑制自己突兀的激動

——這是奕微第一次打電話給我耶！

按下通話鍵，將手機湊到耳邊，立刻就聽見了她的聲音：「喂？映軒，你……」

「我就知道你會打來。」

「咦？」

沒等她說完一句話，我就插了嘴，因為我這顆過於興奮的心，需要釋放。「你在等我電話吧？」

你是在等的吧？因為我沒有打過去，而你期待了、你擔心了……是吧，奕微？

「呃……嗯。」

聽到肯定的答案，我忍不住笑了出來，我大概是滿臉的高興吧，別給我鏡子了，我知道我一定露出了牙齦。「對不起啦，我故意不打的，想知道你會不會打來。」

「我以為你還在睡。」

「沒有啊，我在吃早餐了。」原來她打來是要當我的morning call，可以這樣解釋的吧？「我早上吃火腿蛋餅，你吃了嗎？」

「還沒，等等到學校再買。」

「那我幫你買好了，想吃什麼？」

「……跟你一樣好了。」

跟我一樣？完了，我覺得我沒辦法闔上我的嘴了，它就這樣咧著，滿滿的開心。「嗯，

跟我一樣。」

好想……好想快點見到她！兩天沒見面了，現在光聽到聲音我就又好想她，想跟她多一點相處。「你今天中午有空嗎？」

「嗯……。」

「我有東西給你，我們一起吃飯吧。」比起第一次約他吃飯，第二次容易得多。

「喔，好啊。」

「大樹下見喔……好了，小睡豬，在車上可以補眠的，晚安。」

我掛上電話，正好對到老闆盯著我的怪異表情。是怎樣，大白天的不能喊晚安嗎？我打電話到美國去咩……

小樹，我們大樹下見，就是我們第一次見面的那棵大樹，我想把我的心都給你。

*　*

同日，中午12點整。

下課鐘響，老早就在等這一刻的我，早就收拾好了書包，等著台上的老師下逐客令。可是等了一分鐘、三分鐘、五分鐘，等到快要打上課鐘的時候才放人。

奕微一定等很久了……

快速往大樹的方向跑，在人群裡鑽啊鑽……對了，今天是畢業典禮，有好多外賓，還有放眼一片黑的學士服……但都不是重點。

「學弟對不起喔，幫我們拍張照好嗎？」好不容易鑽出大樓，卻又被人喊住，我停下轉頭，看見一對情侶穿著學士服，其中一個將相機遞給了我，還細心的教我使用。

「好的，來，笑一……」按下快門的瞬間，我驚豔了。

男孩女孩，唇與唇緊緊的貼著，在我一個外人的見證下，定格了一個迎接未來的吻。

「學弟，謝謝喔。」剛剛遞給我相機的男孩又走到我這裡，拿起相機就開始確認。

「嗯？不對啊，怎麼臉都黑掉了？」

「會不會是因為我們背光？」

「對吼，換位子換位子！」

我看著他們又站到另一邊去，拿起他們的相機……這次，真正的替他們拍下了一個紀念性的吻，在陽光之下。

還了相機，我看著他們，問道：「請問你們交往多久了？」

「四年了喔，從大一開始到現在，我們沒有打算分開了。」

四年啊，我跟奕微，也可以這麼久嗎？像他們這樣，在陽光下坦坦蕩蕩的承認對方是自

己的另一半，牽著手走過了四年，而後決定緊緊抓著彼此的手，往下半輩子踏出第一步。

奕微呀，我們也這樣幸福快樂的過完我們的餘生好不好？

*　　*

同日，中午12點09分。

我的小樹站在樹蔭下，連背影都那麼美好。

肯定等了很久……在這樣悶熱的空氣中站著，突然有點捨不得，剛剛課堂上的迫不及待，在見到她之後變本加厲，所以為了獎勵小樹這樣辛苦的等待，樹先生得來點不一樣的登場。

我實在是無法阻止自己這麼幼稚。安靜的走到她身後，伸手拍了拍她的右肩，迅速蹲下。不得不說她真的很聰明，轉向了左邊……只可惜這次我與往常不同。看著她又轉向右邊，那迷糊的樣子真的好可愛。

「在這裡。」

「哇！」

我看見她向後轉卻因為我突然跳起來而嚇得退後了一大步，雖然有點不應該，但我還是忍不住笑了。「我剛才一直在你後面蹲著。」

她似乎還在驚嚇中，我用力的撥弄她的頭髮，想讓她回神。「小笨蛋，等很久了嗎？」

我想，這個動作以後會變成一種習慣。

「沒有，我也才剛到。」她笑著，而我卻更心疼了。

明明等了很久吧，她頭髮上帶著汗水的黏膩還黏在我手心裡，現在的她卻吞下剛才等待的煎熬，送我這麼燦爛的笑容。

程奕微，你該是有多喜歡我啊？「對不起喔，剛剛老師晚放人了。」

「走吧，我餓了。」

我又該是有多幸運能夠愛上你這樣的寬宏大量？就算你說了一句餓了、丟了一個背影給我，卻沒忘記空下身邊的位子讓我走快幾步與你並肩。

程奕微，你到底有多喜歡我呢？

「這裡好多人……」大概是因為畢業典禮，學校內外比平常更擁擠，原本就窄小的街道此刻寸步難行。「我們去外面？」

「外面？大馬路那裡？」她看著我，隨即點頭。「都好。」

「想吃什麼？」

「我每次到最外面都只吃愛當勞耶。」

「那就吃麥當勞吧，有超值午餐。」

「嗯。」

從學校走到最外面有一段距離，我們的話題有一搭沒一搭，與其說是沉默，倒不如說是這樣忽遠忽近的行進有些曖昧。

我想牽著她，即使短短十分鐘。

我們是彼此知道心意的關係，因為這樣，才想把每一次獨處都當作約會……只是一路上試了好幾次，我沒想到在無數次碰到她那略燙的肌膚時，自己會是有多害羞。

很熱，我真的覺得很熱，不是因為太陽太毒辣的原因，我不想拿陽光當藉口。

觸電，原來是這麼一回事。

* *

同日，中午12點20分。

我承認空調是個偉大的發明，至少在麥當勞這種速食店，冷的程度在這當下對我來說是種救世主，散去了不少跟太陽沒關係的燥熱。

排隊的人多，我要奕微去另一邊排，借此替自己製造一點空間……淡定啊！李映軒！

我這裡的隊伍比較快，招了奕微一起點餐，沒有留在那裡，休息時間不多，也就是我們

獨處的時間……有點少。

走了原路回去，不知道是不是吹了一陣子冷氣，感覺不太緊張了，可是心底那股渴望好像比剛才更旺盛了。

左手死抓著袋子，我知道有些沉，奕微也跟我說過她拿，我不是不願意給她，只是……奕微，我怕當我牽住你的時候，我的心會失重。

沒有人出聲音，我不知道奕微不說話的原因，可我卻是陷在這樣不經意的曖昧裡。

深吸一口氣、用力吐出……右手悄悄抬起，緩緩靠近她，一點、一點……輕輕碰了碰她的手背，一下、一下……心跳也，碰碰、碰碰……

我看著前方，餘光瞄到她轉頭看我，即使只是感受到她的視線，左胸那樣高速的心跳，卻好像漏了好幾拍。奕微，不要這樣看我……熱。

不要緊張啊，碰手背而已，碰手背有什麼？可是……旁邊這個人，是奕微呀！是我喜歡了好久好久的奕微啊……怎麼可能不緊張？

我試著忽略她的視線繼續往前走，再次深深呼吸，勾住她的小指，鼓起勇氣，慢慢的、慢慢的……用自己的掌心貼上她的。

我牽到了！……咦？

我停了下來，回頭，卻不是看著奕微，我不敢去探側她臉上的表情，因為她停下了腳步，就在我終於牽住她時。

「怎、怎麼了？」

「沒事……」

呃啊……剛剛都沒聲音呢，這一說話後是什麼奇怪的氣氛啊？

牽手，在學校裡根本不稀奇，只是一男一女雙雙紅著臉牽在一起，任誰都會看出我們的關係。所以我們能受到的祝福，會比想像中的多吧？

回到大樹下，我們坐在小牆上，都沒有吃東西，只是配著沉默將飲料吸入、吞下。

我知道，等我把這一刻的心情用最快的速度記錄下來之後，我能夠做的就只有等待，等待幸福臨到，等待今天與我牽手的人，會來到我的懷裡。

「映軒。」

我聽見她叫了我的名字，而我卻只是咬著吸管。「嗯？」

「你不是有東西要給我？」

聞言，我覺得所有猜測和期待都必須只寫到這裡，我得把我的心交出去，然後等待回應，於是我想，留下最後一句話，給看完日記的小樹……

在我停筆之前，奕微呀，此刻把日記看到這裡的你，可以答應我一件事嗎？

跟我在一起好不好？

27 你站在我生命轉彎的地方等我

（這是映軒的日記本，但我想他不介意我將想說的話寫在這裡。）

6月8日，我們都知道今天過後，我們之間會不一樣。到底是怎樣的默契，才會讓我們在同一天交換了日記？是不是因為我們太喜歡彼此，才會不約而同想到要這樣來表達自己的感情？

我甚至還覺得你喜歡我這件事很不可思議，即使昨晚我看完了日記。

是啊……看完了，也恍然了。

我才知道我們是經歷了多少誤會和錯差，好多好多我曾經以為的真相，好多好多讓我傷心欲絕的話語，原來都只是因為你喜歡我而已。

僅僅只是因為……你喜歡我。

而那些和你在一起時，我的害羞和緊張卻被你當成冷淡，你知道嗎？其實，我也只是因為太喜歡你了，才會不知道怎麼跟你相處啊……笨蛋映軒。

如果沒有這些錯誤的以為，如果我們都再勇敢一點，是不是我們就能早點在一起？

其實我曾經幻想過很多跟你在一起的場景，不論是出去玩、待在書桌前念書、隨心所欲的聊天，甚至是每一個擁抱、每一次親吻……可是我只想要跟你在一起，只要有你，要是有你牽著我、念著我，就算只是發呆都沒關係。

映軒呀，我從來沒想過你也喜歡著我，應該說是……不敢奢望？你同我曾是那麼陌生，這樣的事情是怎麼發生的呢？我是何等幸運能讓你喜歡？

吶，怎麼辦啊，我覺得這一切都不是真的，你來捏捏我好不好？

當初看見你養了一棵小樹，我也單純的以為你只是一個植物愛好者，可是一直到後來，我開始忌妒你對小樹的好、開始羨慕你對小樹的依戀，後來知道小樹是指一個人，不是沒有想過是自己，只是每次都很快的否認自己的可能性。原來你對小樹的每一個關心、每一個照顧都是因為我，我都不知道……我大概是想做小樹想過了頭，完全沒有想到就是自己。

我很傻，對吧？你怎麼還喜歡我這麼傻的一個人呢？

小樹是誰？

小樹是我？

小樹是我。

原來你就是我的樹先生。

還沒下課……這是我第一次覺得戲劇概論好無聊、影片不好看……你說下課後會打給我的，可是我現在就想你了，怎麼辦？

今天來學校，我不是為了上課，只是為了你啊。雖然這樣說真的對教授很抱歉，我平常也很認真上課的啊，只是……映軒，為什麼我現在完全沒辦法專心呢？

還有兩分鐘。

映軒，我不知道你看完我的日記之後會是怎樣的表情，但至少，希望你是高興的，不要因為我曾經的誤會怪我，因為你知道嗎？那些都只是因為你啊。是你，是因為我喜歡你。聽見沒？我喜歡你啊！李映軒！

還有三十秒，我說啊，你傳的那是什麼東西？

「我曾經在生命轉彎的地方等你。」

李映軒，你拍詩牆上的詩幹嘛呢？

鐘響，我收了東西，不想理會愉賢在我身後叫喊我的聲音，我現在，只想找到你。

走到詩牆邊，我一眼就看見了你拍的那一塊，笨蛋映軒，你不知道在牆上貼便條紙很容易被風吹走嗎？

「打給我。」

我笑著，拿出手機，撥出你的號碼，耳裡依舊是音質有些不好的鋼琴聲，只是這次，響

了好久你才接起來。

「你知道讓我生命轉彎的地方，在哪裡嗎？」

我知道我現在控制不了自己的笑容，轉身往大樹下走去。「不知道。」

「你不知道？那為什麼我看見你了呢？」

遠遠的，我也看著你，一步一步靠近，直到站在你面前，我可以清楚的聽見自己的心跳聲，可以明顯的感覺到自己的緊張，只是雙眼，卻只能看見你。

「因為你站在我生命轉彎的地方，等我。」

放下手機，我看著你，而你翻開我的日記，又寫了幾個字。

「拿去，」你將日記闔上，遞給我。「我看完了。」

你笑了，是笑著的，你看完我的日記，是笑著的。我知道，裡面有你對我的回應。

而此刻我才想起，我還沒回答你……「等我一下。」

轉身，我坐在小牆上，拿出你的日記本。

說什麼在一起好不好，你不知道嗎？我一定會答應的啊……

我要你跟我在一起，我要你對我好、只看著我、只愛著我，讓我永遠當你的小樹，你要永遠當我的樹先生。

*　　*

奕微呀，謝謝你答應我，你會一直是我的小樹。——愛你的樹先生，李映軒。

要青春7　PG1259

要有光
FIAT LUX

可不可以，你喜歡的是我

作　　者　竹　攸
責任編輯　林千惠
圖文排版　周妤靜
封面設計　楊廣榕

出版策劃　要有光
製作發行　秀威資訊科技股份有限公司
114 台北市內湖區瑞光路76巷65號1樓
電話：+886-2-2796-3638　傳真：+886-2-2796-1377
服務信箱：service@showwe.com.tw
http://www.showwe.com.tw
郵政劃撥　19563868　戶名：秀威資訊科技股份有限公司
展售門市　國家書店【松江門市】
104 台北市中山區松江路209號1樓
電話：+886-2-2518-0207　傳真：+886-2-2518-0778
網路訂購　秀威網路書店：http://www.bodbooks.com.tw
國家網路書店：http://www.govbooks.com.tw
法律顧問　毛國樑　律師
總 經 銷　易可數位行銷股份有限公司
地址：231新北市新店區寶橋路235巷6弄3號5樓
電話：+886-2-8911-0825　傳真：+886-2-8911-0801
e-mail：book-info@ecorebooks.com
易可部落格：http://ecorebooks.pixnet.net/blog

出版日期　2015年3月　BOD一版
定　　價　280元

國家圖書館出版品預行編目

可不可以, 你喜歡的是我 / 竹攸著. -- 一版. -- 臺北市 :
要有光, 2015.03
面 ; 公分
ISBN 978-986-90474-9-4 (平裝)

857.7　　104002222

讀者回函卡

感謝您購買本書，為提升服務品質，請填妥以下資料，將讀者回函卡直接寄回或傳真本公司，收到您的寶貴意見後，我們會收藏記錄及檢討，謝謝！
如您需要了解本公司最新出版書目、購書優惠或企劃活動，歡迎您上網查詢或下載相關資料：http:// www.showwe.com.tw

您購買的書名：________________________________

出生日期：________年________月________日

學歷：□高中（含）以下　□大專　□研究所（含）以上

職業：□製造業　□金融業　□資訊業　□軍警　□傳播業　□自由業
　　　□服務業　□公務員　□教職　□學生　□家管　□其它_____

購書地點：□網路書店　□實體書店　□書展　□郵購　□贈閱　□其他

您從何得知本書的消息？
□網路書店　□實體書店　□網路搜尋　□電子報　□書訊　□雜誌
□傳播媒體　□親友推薦　□網站推薦　□部落格　□其他__________

您對本書的評價：（請填代號　1.非常滿意　2.滿意　3.尚可　4.再改進）
封面設計____　版面編排____　內容____　文／譯筆____　價格____

讀完書後您覺得：
□很有收穫　□有收穫　□收穫不多　□沒收穫

對我們的建議：________________________________

____

____

____

請貼
郵票

11466
台北市內湖區瑞光路 76 巷 65 號 1 樓
秀威資訊科技股份有限公司 收
BOD 數位出版事業部

（請沿線對折寄回，謝謝！）

姓　名：＿＿＿＿＿＿＿＿　年齡：＿＿＿＿　性別：□女　□男

郵遞區號：□□□□□

地　址：＿＿＿＿＿＿＿＿＿＿＿＿＿＿＿＿＿＿＿＿

聯絡電話：（日）＿＿＿＿＿＿＿＿＿＿（夜）＿＿＿＿＿＿＿＿＿＿

E-mail：＿＿＿＿＿＿＿＿＿＿＿＿＿＿＿＿＿＿＿＿